愛の顚末

純愛とスキャンダルの文学史

梯 久美子

文藝春秋

目次

愛の顚末《てんまつ》

純愛とスキャンダルの文学史

装幀　大久保明子

初出　日本経済新聞
平成二六年六月四日〜平成二七年五月三一日
（単行本化に際し加筆修正しました）

一

小林多喜二 ―― 恋と闘争

1931年頃：日本近代文学館提供

（一）「永遠の恋人」田口タキ

平成二一（二〇〇九）年六月一九日、横浜市に住むひとりの老女が亡くなった。半年ほどして「小林多喜二の恋人死去」という見出しのついた小さな記事がいくつかの新聞に載る。老女の名は田口タキ。一〇二歳だった。

その前年、多喜二の没後七五年にして「蟹工船」が脚光を浴び、大きなブームとなっていた。それがなければ、タキの死が新聞記事になることもなかっただろう。彼女は多喜二といたときも別れてからも、決して表に出ることがなかった。警察署内で虐殺されるという多喜二のセンセーショナルな死の後も沈黙をつらぬき、ひっそりと生きた。

若い日、多喜二から深く愛されながらも、自分のような者は彼にふさわしくないとして求婚を拒んだ人である。多喜二を思うがゆえに彼の人生から立ち去ったタキは、若くして非業の死を遂げた作家の「永遠の恋人」として伝説的な存在となった。

〈「闇があるから光がある」そして闇から出てきた人こそ、一番ほんとうに光の有難さが分る

んだ〉

大正一四（一九二五）年三月、多喜二がタキに宛てて書いた手紙は、こんな言葉で始まっている。二人が知り合ったのはこの前年の一〇月で、タキは小樽市内の「やまき屋」という店で酌婦をしていた。「やまき屋」は小料理屋風の構えだったが、実情はいわゆる銘酒屋で、客が望めば酌婦に売春をさせていた。

小樽高等商業学校（現在の小樽商大）を卒業し、北海道拓殖銀行に就職して一年目だった多喜二は、評判の美人がいると聞いて友人らとこの店を訪れた。それが一六歳のタキだった。

事業に失敗した父親によって、タキが室蘭の銘酒屋に売られたのは一四歳のときである。子だくさんの家の長女で、七人の弟妹がいた。やがて父親は妻子を残して自殺。その後タキは「やまき屋」に転売されたのだった。

借金を返して自由の身になろうと、タキは血のにじむような思いをして少しずつ金を貯めていた。そんな姿に胸を打たれた多喜二が、彼女を励ますために贈ったのが「闇があるから光がある」という言葉だったのだ。

この手紙の中で多喜二は、〈何時《いつ》かこの愛で完全に瀧ちゃんを救ってみせる〉〈瀧ちゃんの借金は幾《いく》らあるんだ、僕としては勿論《もちろん》出来るだけのことはしたいが、残念にも金がないんだ、それでも何かその返金に努力したい、知らしてくれ〉と書いている。

タキの借金の総額は五〇〇円だったという。多喜二の初任給が七〇円だったというから、現在の二

○○万円くらいだろうか。二一歳の若者には大金である。だが〈返金に努力したい〉という言葉は嘘ではなかった。

この手紙を書いたときから九カ月後、多喜二は銀行の年末賞与と友人に頼み込んで借りた金で、タキを救い出す。店にただ通うだけで一度も肉体関係を結んだことのなかったタキを〝身請け〟したのである。

多喜二の父はすでに死去し、母と弟が細々とパン屋を営んでいた。生活は苦しかったが、タキの身の上を多喜二から聞いた母のセキは、賞与の全額を彼女のために使うことに賛成したという。

解放されたタキは自分の母親のもとにいったん身を寄せたが、母親の再婚相手も生活に困窮しており、また売られる危険があった。そうした事情を知って、自分たち家族が暮らす家にタキを引き取るよう多喜二にすすめたのは、母のセキだった。タキの前歴を知った上でのことである。彼女が引っ越してきた日、セキは赤飯を炊いて迎えた。

秋田の小作農の家に生まれ、小学校にも通えない貧しさの中で育ったセキは、どんなときも、不幸な境遇にある人にためらいなく手をさしのべた。タキと一緒に暮らしはじめると、彼女の健気《けなげ》さに心を打たれ、実の娘のようにかわいがった。

だが半年あまり経《た》った頃、タキは黙って小林家を出る。多喜二は目が真っ赤に腫れあがるほど泣き、心当たりをすべて探したが、タキはどこにもいない。

〈あの無口で、おとなしい、恥かしがりやのタキちゃんが、全然赤の他人の前に出て、オロ〳〵しながら、他人の気持ばッかりを考えながら、冷たい気持を、涙で包んでいるのか、と思うと、俺の胸は小刀でクザリ〳〵と破られ、刻まれるような、現実の痛さを感じる〉

日記がわりのノートに多喜二が記した文章である。多喜二がタキを、自分が一方的に庇護《ひご》すべき、か弱く頼りない存在だと考えていたことがよくわかる。しかしタキは、あてもなく家を出たのではなかった。

多喜二がようやく探し当てたとき、彼女は小樽市内の病院に住み込みで働いていた。自活して生きようと決心していたのである。

（二）二人を隔てる生い立ちの差

「おれが餅をついてから出勤するなんて、銀行の連中は知るまいな」

愉快そうに言って、ネクタイ片手に出勤していく兄・多喜二の姿を、弟の三吾は長く忘れなかった。

家のすぐ前が小樽築港駅で、多喜二は裏口から線路に降り、ホームに駆け込んで汽車に乗った。間に合ったかと家族が窓から見ていると、デッキでネクタイを結びながら、笑顔で手を振ったという。

多喜二が北海道拓殖銀行に就職した大正一三（一九二四）年夏、父親が急死。家業のパン屋は、母のセキと、多喜二より六歳下の弟・三吾で何とか続けていた。工場から仕入れるパンのほかに、店では大福餅を作って売っていたが、父親の死後、餅をつくのは三吾の役目だった。それをしばしば出勤前の多喜二が代わってやっていたのだ。バイオリンを弾く手に力仕事はよくないと考えてのことだった。

小林家には、子供たちに高等教育を受けさせる余裕はなかった。成績のよかった多喜二は伯父の経営するパン工場に住み込んで働くという条件で援助を受け、高等商業学校まで進むことができたが、三吾は小学校の高等科を出ると洋品店に奉公に出た。多喜二は弟が不憫《ふびん》でたまらず、奉公先を訪れてはそっと菓子を置いていったという。

就職して最初の給料が出た日、多喜二は三吾のためにバイオリンを買った。大正末期はバイオリンが流行した時代である。多喜二の父親は、生前、米屋の小僧が仕事を終えた後でバイオリンの稽古をしているのを見て、同じ境遇にある三吾にも買ってやりたいと思い、古道具屋に行ったことがあった。三吾は子供の頃から音楽が好きだったのだ。

だが値段が高く、買うことはできなかった。がっかりする父親の顔が忘れられなかった多喜二は、最初の給料でバイオリンを買って帰ったのだった。古道具屋のバイオリンからスタートした三吾は後にプロのバイオリニストとなり、東京交響楽団などで活躍することになる。

貧しい暮らしの中でバイオリンを買ってやろうとしたことからもわかるように、多喜二の父

田口タキ
（手塚英孝編『写真集　小林多喜二――文学とその生涯』新日本出版社より）

親もまた、母親のセキに劣らないやさしさの持ち主だった。多喜二には三吾のほかに姉と二人の妹がいたが、家族は仲がよく、その日にあったことを皆が競って話そうとするため、家の中は話し声と笑い声が絶えなかった。話に夢中になって店先のパンを盗まれることがあったが、そんなときもセキは怒ることなく、「なんぼか腹減らしてたんだべか」と泥棒に同情したという。

そうした家庭だったからこそ、酌婦だったタキを家族のように受け入れることができたのだろう。三吾は、初めての演奏会で着るための着物を徹夜で縫ってくれたのはタキだったと回想している。

しかし、そんな家をタキは黙って出て行った。ようやく探し当てたタキに、正業に就いて自活したいと言われたとき、多喜二は連れ戻すことをあきらめた。そして、病院に住み込みで働くタキと、銀行に通いながら小説を書く多喜二は、別々に暮らしながら手紙を交換し、ときおり会って、散歩や食事をするという付き合い方をするようになる。

そうした時期が半年ほど続いた後、タキはふたたび行方をくらませる。今度は小樽を離れ、一人で室蘭に行ってしまったのだ。

当時の多喜二は、本格的に作家として立つために上京したいと考えていた。それを知ったタキは、足手まといになってはいけないと思い、身を引くことにしたのだった。

地元紙に評論を発表したり、講演をしたりと、次第に世に出て行く多喜二を見て、タキは学歴も教養もない自分に引け目を感じていた。小林家には、貧しいとはいえ多喜二が母や妹たちに本を読んで聞かせたり、三吾がバイオリンを弾いたりという文化的な雰囲気があった。それを目の当たりにしたタキは、自分の育った環境との違いを痛感したに違いない。

多喜二は室蘭に去る前のタキへの手紙の中で、石川啄木の短歌を暗記するよう勧めたり、英単語をあえて使ってその意味を教えたりしている。タキが知的に成長してくれれば、自分のしようとしていることの価値を理解してくれると思ってのことだろうが、こうしたこともタキにとっては負担だったかもしれない。

タキの母親が再婚した男は大酒飲みで、今度はタキのすぐ下の妹が売られてしまう危険があった。八人きょうだいの長女だったタキは、弟妹を自分が扶養しなければと思いつめていた。多喜二とともに生きる選択をするには、タキの境遇は苛酷《かこく》すぎたのだ。

タキが室蘭に去ってからの二年間、二人は一度も会っていない。だが恋は終わらなかった。互いへの思いは断ちがたく、二人の人生はふたたび交わることになるのである。

（三）二人だけの暮らしと別れ

多喜二が田口タキと二年ぶりに再会したのは、昭和四（一九二九）年五月のことである。黙って室蘭に去ったタキは、その後札幌に移って病院で住み込みの見習看護婦をしていたが、このころひそかに小樽に戻ってきていた。駅前通りのホテルで部屋係をしているらしいことを多喜二は耳にしていたが、会いに行く勇気を持てずにいた。

そんなある日、多喜二はホテルの前でタキを見かける。

〈何時の時も、停車場通りを歩いたことはなかったが、あの時は、ワザと、友達を停車場にブラブラ行って見ようと誘って、あの前を通ってみたら、（神様だろうか！）彩子ちゃんが、立っているではないか〉

再会の二日後、多喜二がタキに出した手紙である。このころタキは彩子という名を使っていた。〈振り返ってみた。そしたら、やっぱりいる！　何も云えない。然し、一分の隙もなく、二人の気持が通っていた。僕は胸がワクワクする程嬉《うれ》しかった〉

多喜二は前年に発表した「一九二八年三月十五日」で注目を集め、このころ「蟹工船」も書き終えていた。特高の監視がつき、前月には小樽警察署に拘引されて家宅捜索を受けている。だがそうしたきびしい状況にあったことを感じさせない、無邪気ともいえる喜びが手紙にはあふれている。このときタキとは、以前と同じようにうちとけて話ができたようで、そのことがよほど嬉しかったようだ。

タキと再会したこの年、多喜二は「蟹工船」と「不在地主」を発表。ともに大きな反響を呼ぶが、これらの作品が理由で勤め先の北海道拓殖銀行を辞めざるを得なくなる。多喜二は母のセキを落胆させるのがしのびなく、しばらくは毎朝、出勤するふりをして家を出たという。

翌昭和五（一九三〇）年三月、多喜二は上京する。まもなくタキも上京し、初めての二人だけの暮らしが始まった。

タキは、多喜二と再会する前から手に職をつけたいと考えていた。ホテルで働けば自活はできるが、弟妹を学校にやるほどの収入はない。そこで目をつけたのが、当時まだ珍しかった洋髪の技術だった。

再会した多喜二の変わらない愛情にふれたタキは、彼に相談して洋髪が学べる東京の美容学校を探し、ホテルの給料の中から学費を積み立てた。美容師として独立できれば、多喜二と一緒になっても実家のことで金銭的な迷惑をかけずにすむと思ったのだろう。

二人は東京・中野に借りたささやかな部屋で新しい生活を始めた。執筆に専念する多喜二と、美容学校で学ぶタキ。だが平穏な暮らしは半年も続かなかった。多喜二が治安維持法で検挙され、豊多摩刑務所に収監されてしまったのだ。右も左もわからない東京に、タキはひとり取り残された。

獄中の多喜二は、仲間との連絡や差し入れなどで、運動の内部にいた女性たちの世話を受けることになる。中野重治の妻・原まさの（女優の原泉）、中野の妹・鈴子、村山知義の妻で作家の籌子《かずこ》などである。

彼女たちはこうした事態に慣れていた。ひんぱんに面会に行き、手紙を書き、多喜二が喜ぶ本を差し入れる。しかしタキは戸惑うばかりで、当初は手紙を出してよいのかどうかもわからなかった。美容学校に通う身で、時間的にも金銭的にも余裕がない。

多喜二はタキの面会や手紙の少ないことを寂しがり、ほかの女性たちがどんなに行き届いた気遣いをしているかを書いてよこした。手紙には、タキは自分たちの仕事とは離れたところにいるからまごつくのは仕方がないとしながらも、〈然し、何時までもそうであっては、やっぱり困るわけだ。ぼくには沢山の良い友だちがあるので、ちっとも、そうだからと云って、困らないが、仮りに「本の差入」などのことになると、瀧ちゃんの持っているそういう点がハッキリ分るわけだ〉と書いている。差し入れる本の選択ができるくらいになってほしいというのだ。タキは多喜二の周囲の女性たちと自分との差を思い知らされたことだろう。

翌年一月に出獄した多喜二は、タキに結婚を申し込む。だがタキはこれを断った。多喜二が獄中にいる間に母親の再婚相手が急死し、一家の生活がいよいよタキの双肩にかかってきていた。せっかく学んだ洋髪の技術だが、すぐには収入にならないため、タキは丸の内の料理屋で働いて、とりあえず母親と弟妹を養うことにした。

多喜二と一緒になっても、自分は彼の仕事の役に立たないばかりか、家族のことで多大な負担をかけることになる。美容師として働きながら多喜二と暮らす夢を、二三歳のタキは断念したのだった。

多喜二も結婚を諦め、七月、母のセキと弟の三吾を東京に呼び寄せて、杉並区馬橋の借家で三人で暮らしはじめる。このとき多喜二は二七歳。その人生は、あと一年半しか残されていなかった。

(四) 家族気遣う地下生活の日々

馬橋の家は、八畳、六畳、三畳の小さな借家だったが、多喜二は初めて自分の部屋が持てたことを喜んだ。セキは野菜や草花を育て、三吾は多喜二が探してきた師についてバイオリンの修業に励んだ。

だが親子水入らずの時間は長くは続かなかった。「蟹工船」に続いて「不在地主」「工場細胞」などを発表し、プロレタリア文学の旗手となっていた多喜二は、昭和六(一九三一)年一〇月に共産党に入党する。ますます監視が厳しくなり、昭和七年四月には馬橋の家に特高の捜査が入った。これを機に、多喜二は地下活動に入る。

三吾とセキは、上京してから一年もたたないうちに、馬橋の家に二人で残されることになった。しかし三吾の回想によれば、セキは一言の愚痴も言わなかったという。

地下に潜った多喜二にセキが会うことができたのは、一度だけである。多喜二の同志のはからいで麻布十番の果物屋の二階の喫茶室でひそかに対面したのだ。セキの回想によれば、そのとき多喜二は、いま警察に捕らえられたらどんな目に遭うかわからないが、自分が犠牲になることが新しい時代のためになるなら、それは決して不幸なことではないと話したという。

それを聞いたセキは、口まで出かかった連れ戻しの言葉を飲み込み、息子の信念の通りにさせてやろうと決心する。

多喜二の「党生活者」には、多喜二自身がモデルと思われる地下生活中の男が、老母とひそかに会う場面がある。母親は別れ際に、もし自分が死んでもお前には知らせないことにすると言う。死んだと聞いて家に帰ってきたりしては危ないから、と。おそらくこれはセキが実際に言った言葉なのだろう。息子の思想は理解できなくても、その生き方の理解者となることを、セキは願ったのだった。

居所を転々とする地下生活の中で、多喜二は母と弟の暮らしを何とか支えようとした。党関係の機関紙や雑誌だけでなく、「新潮」や「中央公論」、「改造」などの雑誌に小説や評論を寄稿し、その原稿料を母と弟に送った。家族宛ての手紙にはこうある。

〈三月頃約束して置いた小説を中央公論に送っておいたから、金が入ると思う。入ったら今迄《まで》の借金を払ったり、妹の学費を送ってやったり、家賃を払ってくれ。それから今まで書いてある小説を改造社とか、中央公論社に頼んで本にしてもらったらいい〉（昭和七年八月二一日付）

多喜二が支えたいと思っていたのは、自分の家族だけではない。多喜二の求婚を断った田口タキとその家族のことも気にかけていた。

タキの母親は再婚後、三人の子を産んでいた。再婚相手の死後、長年の労苦から身体を壊した母親は、幼い子供たちとともにタキを頼って北海道から上京してきた。タキは給料のいい品川の鳥料理屋に移り、歳の近い妹も銀座のフランス料理屋で働いて、二人で一家の暮らしを支えた。

そんなタキにも、多喜二は手紙に添えて金を送っている。手紙には、〈今年は殊の外暑かったので、あの西日のさす室でお母さんがどの位悩まされたことかと同情している〉とあり、同封した金は〈暑い盛りをよく我慢して暮した君のお母さんを一日涼しいところで遊ばせてあげるために使って下さい〉と書かれている（昭和七年八月二〇日付）。

小樽時代、タキを銘酒屋から救い出した後、多喜二はタキの母親と何度か会っていた。身体を悪くしている母親が、慣れない東京の夏に難儀しているのではないかと気遣ったのだろう。

この手紙は長く弟の三吾宛てと思われてきたが、文中に〈僕は最近タキちゃんと会えば、何んだか話が出来ないのだ。色々な事を沢山話そうと出掛けて行っても。――然しやっぱり会いたい〉とあることや、〈君のお母さん〉という書き方などから、最近の研究ではタキに宛てたものとされている。

男と女としては別れても、多喜二はタキを大切に思い、その家族のことも気遣っていた。親きょうだいを捨てることのできないタキの心情を誰よりも理解していたのは、同じく家族の生活を背負っていた多喜二だったろう。

多喜二は昭和八（一九三三）年二月二〇日に虐殺されるが、その前月、タキの住まいを訪ねている。六畳一間に家族七人が暮らす、神田の貸間である。タキは不在で、多喜二は置き手紙をして帰った。

〈久し振りで来てみた。（九時頃。）多分居ないだろうとは思ったが、お母さんとでも会ってみようと思って〉と書き出された手紙は、こう締めくくられている。

〈じゃ元気で！　幸福で！〉

これが、多喜二の人生最後の手紙となった。

（五）死者に手向けた完全な沈黙

小林多喜二の母セキは、昭和三六（一九六一）年、八七歳で没した。多喜二の死から二八年後のことである。遺品の中から、こんな文章が書かれた紙片が見つかった。

あーまたこの二月の月かきた
ほんとうにこの二月とゆ月か
いやな月　こいをいパいになきたい
どこいいてもなかれない

二月は多喜二が殺された月である。この月がめぐってくるたびに、セキは悲しみを新たにしたのだろう。

文字遣いがたどたどしいのは、六〇歳近くになって文字を覚えたからである。貧しさのため小学校にもろくに通えず、読み書きができなかったセキは、多喜二が獄中にあったとき、手紙を書きたい一心で手習いを始めたのだった。

〈こいをいパいになきたい〉とは〈声をいっぱいに泣きたい〉ということだ。毎年二月になるとセキは目に見えて憔悴《しょうすい》したが、家族にも涙を見せず一人で耐え、多喜二を殺した者への恨み言も口にしなかったという。文章はこう続く。

あーてもラチオて
しこすたしかる
あーなみたかてる
めかねかくもる

拷問の末に殺された多喜二の遺体を築地警察署に引き取りに行ったのはセキだった。多喜二の弟の三吾は、遺体を前にした母の絶叫を聞き、このまま気が狂うのではないかと心配したという。変わり果てた息子の凄惨な姿は、最後までセキの頭から離れることがなかったろう。

多喜二が赤坂区福吉町（現在の港区溜池）の路上で特高刑事に逮捕され、築地警察署内で死亡したのは、昭和八年二月二〇日のことである。自宅に運び込まれた遺体の服を脱がせたとき、仲間たちは息を呑《の》んだ。こめかみに傷、首には細引きで締められた跡があり、喉仏が折れていた。下半身は赤黒い内出血で割れそうにふくれあがり、股の上には釘《くぎ》か錐《きり》が打ち込まれて肉がえぐれた跡が無数にある。手の指の一本は逆向きに折られていた。

その場に居合わせた佐多稲子による「屍《しかばね》の上に」という文章には、苦痛の跡を探すように多喜二の胸を撫《な》で、その顔を抱えて「もう一度立たねか、みんなのためにもう一度立たねか」と遺体に話しかけるセキの姿が書きとめられている。

通夜が行われたこの日、小林家に駆け込んできて多喜二の遺体にすがりついた若い女性がいた。髪や頬、拷問の跡をなでさすり、すぐに立ち去ったこの女性は伊藤ふじ子といい、多喜二の地下生活を支えた人である。

銀座のデザイン会社で働きながらプロレタリア演劇の劇団で女優をしていたふじ子は、芝居のビラ貼りを通して多喜二と知り合った。ふじ子の身の安全のため関係を公にすることはできなかったが、多喜二の最後の九カ月をともに暮らした。遺体に取りすがった後すぐに姿を消したのは、もし多喜二との関係が警察に知れれば間違いなく検束されるからだ。

その後のふじ子は多喜二との思い出を胸に秘め、沈黙を守った。多喜二との関係の詳細があきらかになったのは、作家の澤地久枝氏が彼女の消息を追い、昭和五六年に「小林多喜二への愛」と題して「文藝春秋」に発表したことによる。

ふじ子は多喜二が亡くなる前月、共産党のシンパとして検挙されている。多喜二との関係を隠し通し、釈放後は会えなくなったが、馘首《かくしゅ》された会社の解雇手当を人を介して多喜二に届けた。多喜二は仲間に会ったとき、その話をしながら涙をこぼしたという。多喜二に死なれたとき、ふじ子はまだ二二歳だった。

多喜二の通夜と葬儀には田口タキも参列した。同志や友人たち、新聞社のカメラマンなどが駆けつけ、家の外では警察が弔問客を次々と検束するなど騒然とする中、タキはひっそりと多喜二を見送った。布団に横たわる遺体を大勢の人たちが取り囲む写真が残っているが、遠慮して隅によけたのか、そこにいたはずのタキの姿は写っていない。

セキの回想によれば、タキはその後、多喜二の命日に毎年、手紙と供物を送ってきたという。タキは美容師となって弟妹を一人前にしたあと遅い結婚をしたが、結婚後もそれは続いた。だがタキが多喜二のことを人に話すことはなかった。後年、タキの居所を突き止めた澤地久枝氏は繰り返し手紙を書いたが、タキは会うことを拒んだという。

ふじ子は〈アンダンテ・カンタビレ聞く多喜二忌〉〈多喜二忌や麻布二の橋三の橋〉という句を残している。アンダンテ・カンタビレは多喜二が好きだった曲、麻布二の橋三の橋は二人が暮らしていたあたりである。

だがタキは何も書かず、語らず、完全な沈黙をつらぬいて生涯を終えた。愛ゆえに身を引き、別の道を選んだ若い日の決意は、最後までゆらぐことがなかった。

二

近松秋江——「情痴」の人

1915年：日本近代文学館提供

（一）描き尽くした愛欲の愚かさ

探し当てた墓は、郵便局と小学校にはさまれた共同墓地の中にあった。墓石には本名の徳田浩司ではなく、筆名の近松秋江《しゅうこう》と彫られている。

生家が現存していると聞いて秋江の出身地である岡山県和気町を訪ねたのは、台風が近づいていた一〇月初旬のことだ。農業のほかに酒造業も営んでいた徳田家の敷地は広く、いまは人の住んでいない母屋の傍らには崩れかけた大きな蔵があった。たまたま庭に出ていた隣家の主人から、近くに徳田家の墓所があると教えられた私は、墓参りをすることにしたのだった。

とりあえず墓掃除でもと思い、折からの強風に吹き寄せられた落葉を片付けようとしゃがんだところへ、墓石の陰から小さな蛇が這《は》い出してきた。思わず後ずさると、蛇はくねる躰《からだ》を光らせて土の上をすべり、道路と墓地を隔てる草むらに消えた。

普段なら気味悪く思える蛇がどことなく艶めいて見えたのは、秋江の作風からの連想だろうか。明治・大正の文学史に特異な足跡を残した秋江は、女に対する尋常でない恋着を描いて

「情痴作家」と呼ばれた人である。

別れた妻とその新しい男の足跡を追って日光へ行き、旅館をしらみつぶしに当たって宿帳を調べる「疑惑」や、さんざん貢がせた挙げ句に姿をくらました京都の芸妓《げいぎ》への執心から、不確かな情報を頼りに人の通わぬ山奥まで追いかけていく「黒髪」連作など、代表作はすべて自身の体験を書いた私小説である。男の愛欲の愚かさと惨めさを、これでもかというほどに描き尽くした作品群は、文壇に衝撃を与えた。

明治九（一八七六）年生まれの秋江は、六八歳になる直前の昭和一九（一九四四）年四月に亡くなっている。年譜は死因を老衰としているが、次女である徳田道子の著書『光陰　亡父近松秋江断想』には栄養失調だったとある。

晩年は作品発表の場も減り、失明するなど不遇だった。東京・杉並の自宅で亡くなったが、生まれ育った和気の地で墓に入った。その和気には文学碑もあるのだが、山陽本線の和気駅から乗ったタクシーの初老の運転手は、秋江の名を知らなかった。確かに一般の知名度は高くないが、忘れられた作家というわけでもなく、彼の私小説には現在も根強いファンがいる。

情痴作家といっても、秋江の小説に露骨な性描写はほとんどない。女に執着し、追いかけては疎まれ、節度を失ってさらに妄執に走る男の心理を、主観のままにめんめんと書き綴《つづ》るのが本領である。

だがそれが当時は異様なものに映ったようで、いまでいうストーカーのような主人公（すなわち秋江）のふるまいは、「非常識」、「破廉恥」、さらには「痴愚」とまで評された。作家の広津和郎は、秋江には羞恥心が欠如しているとして、〈兎《と》に角《かく》異常である〉〈普通の神経の持主には出来るものではない〉などと述べている（『同時代の作家たち』）。

しかし一方で、それまで誰も書かなかった世界に踏み込んだ秋江の小説に魅了された作家も多くいた。宇野浩二は、〈主人公の一心不乱の姿を心の目にうかべると、ぞつと身にしみるほど、心を打たれる〉（岩波文庫『別れた妻に送る手紙』解説）と書き、谷崎潤一郎は、〈情痴小説もここまで来れば一つの極致に達したものと云《い》えよう。而《しか》もこういう境地は、ひとり此《こ》の作者の独壇場であって、明治以来の所謂《いわゆる》大作家の人々、紅葉や、露伴や、鷗外や、漱石には、こういうものは書けないのである〉（創元社版『黒髪』序文）と評している。

大正一三（一九二四）年に雑誌「新潮」が秋江を特集した際、〈若《も》し私が明治大正の傑作を数えるとなると、第一に『疑惑』に指を折るかもしれない。私も稼業がら男女の関係を題材としたこともあるが、彼れのに比べると甚《はなは》だしく空疎なものであることを自分でよく認めている〉と述べたのは、秋江と同郷の作家・正宗白鳥である。

早稲田大学では同級で、生涯にわたり交流のあった白鳥は、彼をモデルにした実録小説「流浪の人」の中で、〈私の憎人癖は学校卒業後の秋江によつて培養されたと云つてもいゝ〉と書いている。

白鳥は二〇代の一時期、秋江と同じ出版社で机を並べていたが、責任感のまったくない秋江の尻拭いに疲労困憊《こんぱい》し、彼と働くのがいやさに辞職してしまった。秋江の小説は評価した白鳥だが、秋江本人については、〈気の置けない、口の軽い、顔面もだらりとゆるんだ男であつたから、女の誰とでも無雑作に親しくなれた〉と、嫌悪感をにじませた書き方をしている。

この二人の因縁は深い。白鳥は、秋江の小説に、秋江が執着している私娼《ししょう》をわざと奪う男として登場する。そしてそのいきさつは、ほぼ事実のままなのである。

(二) 私娼をめぐる正宗白鳥との縁

正宗白鳥は、「流浪の人」の冒頭近くで、〈兎《と》に角《かく》、私には人類のうちで、秋江一人だけは分つてゐるやうに思はれる〉と書いている。ではその秋江がどんな人物かというと、〈さまよへる痴人〉だというのである。

同時代に活躍した作家である白鳥と秋江は同郷で、上京後は同じ学校で学び、一時期は下宿も同じだった。小説家として文壇で注目されたのは二人とも明治四〇年代で、それ以前には同じ出版社や新聞社で働いたこともある。

白鳥が「流浪の人」を発表したのは昭和二五(一九五〇)年、七一歳のときである。秋江が終戦の前年に六七歳で没してから六年が経っていた。

では「流浪の人」が、老境に入った白鳥が旧友を偲《しの》んで筆を執った友情物語かというと、そうではない。ひとことで言ってしまえば、秋江にいかに迷惑をかけられたかの回想記なのである。

白鳥が秋江と知り合ったのは、岡山県から上京して早稲田大学の前身である東京専門学校で学んでいたときだった。同郷の友人の下宿での初対面の印象を、白鳥は、〈顔の長い、ニヤケタ相好をした、しかし、私などと違つて、汚れ目のない羽織袴《はかま》を着けた学生〉と書いている。

白鳥も秋江も岡山県和気郡（当時）の出身で、ともに裕福な旧家に育っている。尾崎紅葉や泉鏡花を愛読していた秋江は樋口一葉の小説に感銘し、弟子になろうと上京した。しかし一葉は早世し、落胆した秋江はいくつかの学校で英語や漢文を学ぶが、いずれも長続きしない。帰郷と上京を繰り返し、白鳥と会ったときは慶應義塾に通っていた。

一方、秋江より三歳下の白鳥は、内村鑑三の著作に感動し、キリスト教と英語を学ぶために上京。東京専門学校の英語専修科で優秀な成績を収め、洗礼も受けた。その後、同校に新設された史学科に進んでいる。

慶應義塾も二カ月ほどで辞めて帰郷した秋江は、四度目の上京で白鳥と同じ東京専門学校の史学科に入学。ここから二人の付き合いが本格的に始まる。

在学中、島村抱月の指導のもとで、同級生らと読売新聞の「月曜文学」欄に批評文を寄稿するようになったのが、二人にとって文壇との関わりの最初だった。

卒業後は秋江が博文館、白鳥が東京専門学校の出版部に就職するが、秋江は半年足らずで辞

近松秋江（前列左）正宗白鳥（同右）島村抱月（後列右）。
1901年：日本近代文学館提供

め、白鳥の職場に転職してくる。だが怠け者の秋江は、二人に任された抱月の著書の校正をまったくやらない。苦労して一人で校正を終わらせた白鳥は、秋江と働くのがいやさに、それきり辞職してしまうのである。しかし、二人の縁は途切れない。

その後、白鳥は読売新聞で文芸記事を担当しながら劇評や小説を執筆、秋江も翻訳や随筆を同紙に発表するようになる。

秋江は牛込の貸席で働いていた女性を内縁の妻とした。しかし、収入がほとんどない上、別の女を連れてきて同居させたりしたため妻は愛想を尽かして家を出てしまう。明治四二（一九〇九）年、秋江三三歳のときである。

翌年、秋江はこの妻への手紙形式をとった「別れたる妻に送る手紙」を発表し、文壇に認められることになった。

この小説、初めのうちは六年間ともに暮らした妻への未練を綴っているのだが、途中からお宮という私娼の話になる。彼女とのいきさつを、作中の「私」が情交場面（初出の際は伏せ字とされた）を交えつつ妻に向かって延々と語る中に、長田という友人が登場する。

惚《ほ》れた女のことを自分一人の胸に納めておけない主人公は長田にお宮の話をし、その後も何かにつけて報告していた。するとある日、長田が突然、「あの女は寝顔の好い女だ」と言って主人公を愕然《がくぜん》とさせる。そして、「此奴姦通《こいつかんつう》するつもりで遊んでやれと思って汚《よご》す積りで呼んでやった。はゝゝゝゝ。君とお宮とを侮辱するつもりで遊んでやった」とせせら笑うのだ。この長田のモデルが白鳥である。

この場面には秋江の創作も入っているのだろうが、白鳥が秋江の執着している私娼を買ったのは事実で、白鳥自身が「流浪の人」の中でそう書いている。しかもその後、白鳥は金を出して女に部屋を借りてやり、秋江から彼女を隠してしまうのだ。「流浪の人」では、しつこく追ってくる昔の男から女をかくまうためだったことになっているが、馬鹿正直に女に入れあげていた秋江にしてみれば、あまりに陰険な仕打ちに思えたことだろう。直後に書いた「別れたる妻に送る手紙」の長田の描写には、秋江の口惜しさがにじんでいる。

しかし白鳥もそのままでは済まさなかった。半年後、この私娼をモデルにした小説を発表するのである。

(三) 滑稽で切実、執念の追跡劇

秋江が正宗白鳥に私娼のお宮を寝取られた顚末を描いた「別れたる妻に送る手紙」の第一回が「早稲田文学」に掲載されたのは、明治四三(一九一〇)年四月のことである。そのわずか半年後、白鳥は、そのお宮をモデルにした小説「微光」を「中央公論」に発表する。

自身の未練と執着をめんめんと語った秋江の小説に対し、白鳥は主人公にお宮を据えた。男の甘言に乗って一六の年に故郷を飛び出し、転落していく女の境遇を描いた「微光」は「別れたる妻に送る手紙」に劣らぬ評価を得ることになった。

秋江は女の心がわからないまま振り回される男の視点に立って書いたが、白鳥は女の心理に入り込み、彼女の目から見た男たちを描いた。白鳥自身がモデルの男については、一時的に女を囲いはするが、どこか冷淡で煮え切らない男として突き放して書いている。秋江をモデルとする人物は登場しない。

タイトルになっている「微光」という語は本文中に一度も出てこないが、実はこの言葉、秋江の「別れたる妻に送る手紙」の濡《ぬ》れ場で使われている。

〈深夜《よふけ》の朧《おぼろ》に霞《かす》んだ電灯の微光《うすあかり》の下《もと》に惜気もなく露出して、任せた柔い真白い胸もと〉という部分である。この前後の描写は、当時としてはかなり露骨なものだ。

もし白鳥がここから取ってタイトルにしたとすれば、秋江への返歌のような小説を書いたことになる。対抗心なのかそれとも友情の一種か、とにかく二人の関係は私娼を取り合ったくらいでは切れず、秋江が戦時中に窮死したとき、白鳥は葬儀委員長を務めることになる。自分が死んだら白鳥に後始末を頼むようにと、秋江が家族に言い残していたのである。

相手が死んだからといって、急にきれいごとを言ったりしないのが白鳥で、〈秋江などは、誰にも相手にされないで、何処かで野垂れ死にするだらうと、昔は当人も思ひ、私などもさう思つてゐたのであつたが、戦時中でありながら、世間並の葬式が営まれたのだ。世の中はわからないものだ〉（「流浪の人」）と書いている。ちゃんとした葬式を出すことができたのは、中央公論社の社長だった嶋中雄作の援助のおかげだったが、白鳥もそれなりに尽力したようである。

お宮を白鳥に奪われた後の秋江の話に戻れば、「別れたる妻に送る手紙」を書いてからも、彼は妻が自分のもとに戻ってくれることを期待していた。しかし妻はすでに若い男と一緒に暮らしていた。その男というのが、かつて自分の家に下宿していた学生だったと知った秋江は、嫉妬のかたまりとなって二人を追いかける。そしてそのいきさつをまた小説に書くのである。「執着」「疑惑」「愛着の名残り」と書き連ねたうちでも特に傑作とされているのが、妻が男と泊まった証拠を探して日光へ行き、宿を一軒一軒廻《まわ》って宿帳を調べていく「疑惑」で、その異様な執念は、当時の読者を呆《あき》れさせながらも惹《ひ》きつけた。

ある宿で、宿帳に妻と男の名前を見つけた主人公は、ようやく事実を突き止めた嬉しさに泣き、嫉妬と悔しさに泣き、妻と学生が睦《むつ》み合うさまを妄想してまた泣く。そして、続編にあたる「愛着の名残り」では、二人が暮らしている岡山の家を探し出して乗り込んでいくのである。

そんな主人公の姿は滑稽だが、ただ嘲笑して済ませることのできない切実さがあるのも確かだ。「疑惑」が書かれたのは大正二（一九一三）年で、一〇〇年以上も前の作になるが、人間の愚かさは時代を超えると見えて、一度読み始めると、うんざりしつつもページをめくる手が止まらない。

私娼を奪われ妻を盗られても、〈さまよへる痴人〉たる秋江の遍歴は終わらなかった。秋江が終生忘れることのなかった運命の女に出会うのは、この後のことである。

その女は金山太夫という京都の芸妓だった。三九歳だった大正四（一九一五）年に客となり、すっかり惚れ込んだ秋江は、東京から彼女に金を送るようになる。一日も早く前借り金を返して芸妓を廃業し、自分一人のものになってくれることを夢見たのだ。

好きな風呂屋に行くのも我慢して送金を続けたが、三年経っても四年経っても借金が減る様子が見えない。業を煮やして京都へ行くと、女は一カ月だけ家に置いてくれるが、結局は体よく秋江を追い払う。そしていつのまにか姿をくらましてしまうのだ。

秋江は、憑《つ》かれたように女を探し回る。もはや秋江のお家芸となった、執念の追跡劇の始まりである。

（四）「あたしなどは人間の屑だ」

〈……その女は、私の、これまでに数知れぬほど見た女の中で一番気に入った女であった〉

秋江一代の傑作と評される「黒髪」はこう書き出されている。

秋江が入れあげ、四年にわたって東京から送金を続けた京都の芸妓・金山太夫。彼女とのいきさつは「黒髪」一編では終わらず、「狂乱」「霜凍る宵」「霜凍る宵続編」と書き継がれた。

通読すれば、金山太夫には相愛の男がおり、年季が明けても秋江のところにいく気などさらさらなかったことがわかる。

秋江と親しかった作家の長田幹彦によれば、秋江が女に送った金は、爪に火を灯すようにしてこつこつためた郵便貯金だったそうだ。

さんざん貢がせた挙げ句、女は秋江の前から姿を消す。女の周囲の者たちは口裏を合わせて彼女を隠し、病気になって田舎で療養していると嘘をつく。

「黒髪」連作の主人公は、女が山科にいると言われれば見舞いの水菓子と寿司を持って山科へ向かい、童仙坊にいると聞けば、遠いその地へ出かけていく。童仙坊とは京都府の東南のはずれ、山城村にある山深い集落である。

当時は車馬も通わぬ山道しかなく、このときはさすがに途中で断念するが、女を諦めることはどうしてもできない。

結局、女はもといた家からそう遠くない街なかに住んでいた。主人公はそこを探し当てて乗り込んでいくが、女につきまとう犯罪者のような扱いを受ける。

主人公の追跡行は、研究者によれば、秋江本人の足取りだという。当時の秋江について長田幹彦は、〈もうほんとに眼が据わっていた。顔をみていると、眼の下にもの凄《すご》い隈《くま》ができて、全く焦心のほどが思いやられた〉と書いている（「文豪の素顔」）。

ここまでくると秋江に同情したくなるが、作家の大岡昇平は、「黒髪」を高く評価した上で、

〈商売女に旦那でもなく間夫《まぶ》でもなく、その真中位のところに喰《く》ひ下るのは、その頃の文士の流行である〉〈彼の方にもあまり金をかけずに女を手に入れてしまひたいといふ、生活上の必要から来るさもしい下心、商売気を離れて、女の気持ちを動かしたいといふ変に文士的な虚栄心がある以上、相手のことばかりいはれないのである〉と、厳しいことを言っている（「近松秋江『黒髪』」）。

金山太夫に去られて三年後、秋江は結婚する。相手は、心身ともに疲れ果て、体のあちこちにガタが来ていた秋江を治療したマッサージ師の女性である。

翌年、四八歳で女児を得ると、かつての放蕩《ほうとう》が嘘のように品行方正になった。作風もがらりと変わり、父親の立場から子供への愛情を書いた「子の愛の為に」を発表する。

秋江は自筆年譜の中でこの小説を〈遂《つい》に恋愛に倦《う》み、恋愛に敗れて、結局今後の残生を子の愛によつて生きんとせる這般《しゃはん》の事情を具《つぶ》さに語るもの〉としている。

次女の徳田道子のエッセイによれば、秋江は女たちとのあれこれを描いたかつての小説を二人の娘に読まれることを嫌がり、「あんなものは読みなさんな」と言っていたという。若い頃の自分の穢《けが》れた罪を娘たちによって拭ってもらうためだと言って、二人をカトリックの学校に入れ、ステッキをふりふり参観に現れては、神聖な雰囲気に満足して帰っていったそうだ。

過去を顧みて、妻に「あたしなどは人間の屑《くず》だ」と言ったこともあったそうで、五〇代半ばから政治小説や歴史小説への移行を試みている。しかしこれら硬派の小説はまったく評価されず、秋江は、惨めで滑稽だが真情にあふれた「情痴小説」の書き手として文学史に残ることになる。

晩年は失明し、娘たちに口述筆記をさせて原稿を書いたが、ほとんど日の目を見ることはなかった。この頃、ある集まりで秋江を見かけたことを、高見順が「座談会　大正文学史」の中で話している。

〈向こうから目が見えない老作家がくるんですよ、こんな大きなお嬢さんに肩を抱えられてくるんですね〉

〈貧乏して娘にすがってね、惨憺《さんたん》たる姿でなんかの会に出てこられる、それをみたとき「文士」というのはああいうもんだという気がしたな。芸術院会員なんかになって、勲章つけて上席かなんかに坐《すわ》ってセキばらいしているよりも、この姿こそ大正文士としての最後の栄光だという気がしましたね〉

秋江は死ぬまで金山太夫の写真を大事に持っていた。おいらん道中姿の写真を、鬱金《うこん》の布に包んで書棚にこっそり仕舞《しま》っていたのだ。

葬儀のとき、それは家族の手で柩《ひつぎ》の中に入れられた。包みのまま秋江の胸にそっと載せ、母娘三人で顔を見合わせて微笑《ほほえ》んだという。

三

三浦綾子——「氷点」と夫婦のきずな

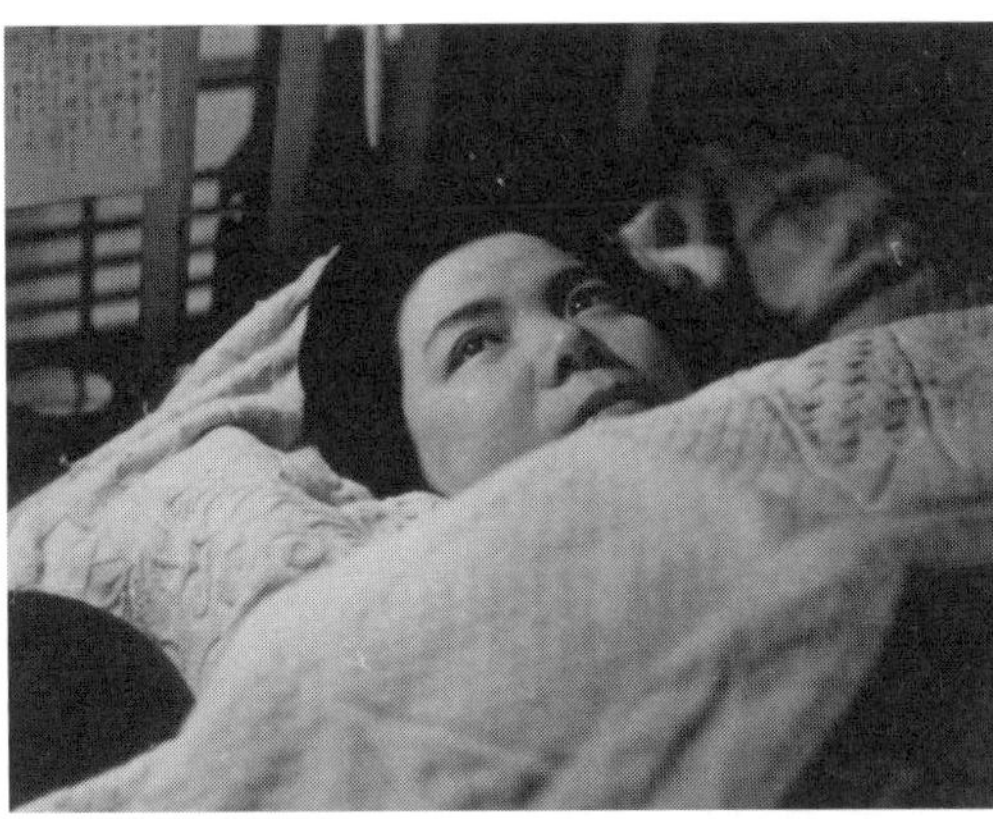

自宅のベッドで：三浦綾子記念文学館提供

（一）作家誕生を支えた祈り

天をつく針葉樹の間から、初夏の日射《ひざ》しが斜めに落ちてくる。ここは旭川市郊外の外国樹種見本林。明治時代に外国原産の樹木を集めて作られた。人工林ではあるが、一〇〇年以上の歳月をへてさまざまな植物が生い茂り、天然の林と変わらぬ表情を見せている。

朝のうちに降った雨の匂いの残る林間の小径を行くと、堤防の上に出た。この向こうを美瑛川が流れているはずだが、うっそうとした木々の緑に隠れて水面は見えない。

三浦綾子の小説『氷点』は、この見本林から始まる。

医師夫妻の三歳の娘が行方不明になり、美瑛川の川原で遺体となって見つかる。妻が若い男性医師と二人きりになるために娘を家の外に追いやり、そのせいで犯人に連れ去られたことを知った夫は、妻への復讐《ふくしゅう》心から、犯人の子をもらい受けて妻に育てさせる。

陽子と名づけられたその子は美しく優しい娘に成長するが、実の父が殺人犯であることを知らされ、みずから命を絶とうとする。その場所もまた、見本林の中を流れる美瑛川の川原である。

堤防を越え、木々の間を抜けて川原に出ると、低木の茂みが岸を覆い、枝がせり出した水面は暗くかげっていた。美しいがどこか怖《おそ》ろしくもある風景に見えるのは、ここへ来る前に『氷点』を読み返してきたことの影響だろうか。

『氷点』が朝日新聞の一千万円懸賞小説に当選し、新聞連載が始まったのは、昭和三九（一九六四）年のことである。小説は大評判をとり、完結の翌年にはテレビドラマ化されてこれも大ヒットした。ある年齢以上の人なら、陽子を演じた内藤洋子の清楚《せいそ》なたたずまいを覚えているのではないだろうか。

この林が小説の主要な舞台に選ばれたのは、三浦綾子にとって大切な場所だったからだ。話は『氷点』が世に出る九年ほど前にさかのぼる。

その頃、三浦綾子（当時は旧姓の堀田綾子）は旭川市内の自宅で療養生活を送っていた。肺結核と脊椎カリエスのため頭から腰までをギプスベッドに固定され、寝返りも打てない状態だった。

そんなとき、同じキリスト教誌を購読していた縁で、三浦光世が見舞いに訪れる。昭和三〇（一九五五）年六月のことである。三浦もまた長く結核を病み、ようやく癒えた身であった。

「正直言って、この人は助からないのではないかと思いました」

平成二六（二〇一四）年五月、旭川市に住む三浦を訪ねたとき、彼は当時を回想してそう語った。綾子との出会いから五九年がたち、三浦は九〇歳になっていた。二人が出会った時代、戦争は終わったものの、まだ多くの若者の命を結核が奪っていた。綾子の療養生活は十年目に入り、むくんだ青黒い顔に、大きな目だけが澄んで光っていた。

三回目に綾子を訪ねたとき、三浦はこう祈ったという。

「神様、私の命を堀田さんにあげてもよろしいですから、どうかなおしてあげてください」

まだ女性として綾子を意識していない頃のことである。しかし、どうしてもこの人に生きてほしいという三浦の祈りは、心底からのものだった。それが愛だと自分でも気づかないうちに、綾子を深く愛し始めていたのである。

営林局に勤めていた三浦は、見本林の静かさを愛し、昼休みによく訪れていた。そのときは決まって、いつか綾子がこの場所に立つことができるようにと祈ったという。

辛抱強く静かに、三浦は祈り続け、待ち続けた。綾子が奇跡的に回復し、ベッドから起きられるようになったのは、それから四年後のことである。

昭和三四（一九五九）年五月、二人は結婚する。新郎三五歳、新婦三七歳。新居は物置を改造した九畳一間だった。三浦光世は後にこう詠《うた》っている。


手を伸ばせば天井に届きたりきひと間なりき吾らが初めて住みし家なりき

「小さい家はいいな、小さい家はいいな」。新婚の家で、綾子はそう呟《つぶや》いた。トイレにいても玄関にいても、互いの声が聞こえることの幸せ。寝たきりだった自分を、足かけ五年にわたって待ち続けた三浦と、ついにひとつ屋根の下で暮らせるようになった喜びをかみしめた。

結婚当初は気軽に外出する体力がなかった綾子が、三浦に連れられてようやく見本林を訪れることができたのは、翌年六月のことだった。林の中でおにぎりを食べ、二人並んで感謝の祈りを捧《ささ》げた。

この日、夫と歩いた林の神秘的な美しさに強烈な印象を受けた綾子は、後に『氷点』の筋が浮かんだとき、三浦の祈りが叶《かな》えられたことの象徴であるこの場所を舞台として書き始めた。作家・三浦綾子の出発であった。

(二) 敗戦、虚無の果てに

三浦綾子記念文学館は、『氷点』の舞台となった旭川市の外国樹種見本林の中にある。教会を思わせる簡素な外観。正面の大きな窓には木々の緑が映り込んでいる。

開館したのは三浦綾子が死去する前年の平成一〇(一九九八)年で、日本中の三浦文学ファンからの募金で建てられた。入館料と賛助会員の会費によって維持され、ボランティアは一〇〇名以上。読者が支える、全国でもめずらしい民立民営の文学館だ。

見本林を散策した後、館内を見て回っていると、作家の人生をたどるコーナーに古い教科書が置かれていた。ページの大部分が墨で塗られている。戦中から敗戦直後にかけて使われた、国民学校の国語教科書である。なぜここに教科書が展示されているのか。

〈わたしは、小学校教員生活七年目に敗戦にあった。

わずかこの一行で語ることのできるこの事実が、どんなに日本人全体にとっては勿論《もちろん》、わたしの生涯にとっても、大きな出来事であったことだろう〉（自伝『道ありき』より）

敗戦時に若い教師であったことは、三浦綾子の人生の、いわば負の出発点である。

綾子が小学校教師になったのは、旭川市立高等女学校を卒業した昭和一四（一九三九）年、満一七歳になる直前のことだった。

朝五時に登校して奉安殿の周りや校庭を掃き清め、修養のための本を読んだ。クラスの生徒の数だけ日記帳を持ち、放課後の教室で一人一人について書き綴った。弁当のおかずに漬物しか持ってこられない子供には自分のおかずを分けた。

敗戦のとき二三歳。ひたすら子供たちを可愛《かわい》く思い、教職に打ち込んできた綾子は、真面目で熱心であった分だけ、敗戦による価値観の転倒に打ちのめされる。

天皇陛下のための国民をつくるという使命に邁進《まいしん》してきたことは誤りだったのか。ではこの子たちにどう責任を取ればいいのか。教科書の墨塗りを指示しながら、自分にはもう教壇に立つ資格はないと思いつめた。

啓明小学校当時：三浦綾子記念文学館提供

敗戦翌年の三月に退職。最後の日、見送る生徒たちは泣きながら綾子の後を追い、二〇町以上も離れた自宅までついてきたという。

すぐに底なしの虚無がやってきた。すべてがどうでもよくなり、二人の男性と同時に結婚の約束をする。そのうちの一人が結納を持ってきた日、綾子は貧血を起こして倒れた。安易な気持ちで婚約しようとした自分に何者かが警告したのかもしれないと、のちに書いている。

ほどなくして肺結核の診断を受けた綾子は、心のどこかでほっとしていた。当時、死病と言われた結核にかかったことで、自責の念がわずかに薄らいだのだ。

療養所に入った綾子は、飲めない酒を飲み、煙草《たばこ》を吸った。療友は次々と死んでいく。かれらを見送りながら、自分も死んでかまわないと思った。生きる目標が見つからなかったからだ。

〈何のためにこの自分が生きなければならないか、何を目当てに生きて行かなければならないか、それがわからなければどうしても生きて行けない人間と、そんなこととは一切関わりなく生きて行ける人間があるように思う。わたしはその前者であった〉（『道ありき』より）

虚無の奥にあったのは、求道的ともいえるこの精神だった。信じるに足るもの、人生を賭けて悔いのない真実を烈《はげ》しく求めていたからこそ、綾子は深い絶望に落ち込んだのだった。

絶望の底で真実の光を見た人は、その光を見失うことなく、その後の人生を生きることができる――三浦綾子の人生と文学は、私たちにそう教えてくれる。彼女が出会った「光」は、前川正という名の青年だった。

小学生時代に一年間だけ隣に住んでいた前川が、療養所にいた綾子を見舞ったのは、昭和二三（一九四八）年のことである。前川は綾子より二歳上で、北海道大学の医学生だったが、やはり結核を病み、自宅で療養していた。

敬虔《けいけん》なクリスチャンだった前川は、自暴自棄な暮らしを送る綾子を心配し、真剣に諭した。しかし綾子は反発する。

「だからわたし、クリスチャンって大きらいなのよ。何よ君子ぶって」

そんな綾子を前川は繰り返し訪ね、手紙を書いて励ました。しかし、いま死ぬのも五〇年後に死ぬのも同じだと思った綾子は、オホーツクの海で自殺しようとする。元婚約者に助けられたが、その後も怠惰な生活は変わらなかった。

ある日、前川は旭川の街を見下ろす春光台の丘に綾子を誘った。もっと真面目に生きるようにと熱心に説く彼に、綾子は言い返した。

戦争中、馬鹿みたいに大真面目に生きてきた結果はどうだったのか。もしあんなにも真面目に生きなければ、これほど傷つくこともなかったではないか――。

それは、一〇代から二〇代のもっとも多感で純粋な時期を戦争の中で過ごした世代の、心底からの叫びだった。

（三）再生導いた恋人の祈り

三浦綾子記念文学館を見学した帰り、春光台を訪れてみた。眼下に市街地が広がり、その向こうの空に、雪をいただいた大雪山が白く浮かんでいる。林間の小径を歩くと、思いがけない近さに郭公《かっこう》の声が聞こえた。

旭川市の北側に帯状に広がるこの丘は、敗戦後、荒れた生活を送っていた三浦綾子が、幼なじみの前川正によって再生への一歩を踏み出した場所である。

それは、綾子がオホーツク海で自死を企てて間もない、昭和二四（一九四九）年六月のことだった。この日も郭公の声がしたと自伝『道ありき』には書かれている。

軍国教師として真剣に生きたがゆえに敗戦に傷つき、虚無的に生きる綾子に、自分をもっと大切にするようにと説く前川。綾子がそんな彼を醒《さ》めた目で眺め、煙草に火をつけると、前川は叫ぶように言った。

「綾ちゃん！　だめだ。あなたはそのままではまた死んでしまう！」

そして傍らにあった石で、自分の足を打ち始めた。

驚いて止めようとする綾子に前川は言った。あなたが元気で生きて続けてくれるように自分はこれまでどんなに激しく祈ってきたかわからない。しかし信仰の薄い自分にはあなたを救う力がないことを思い知らされた、と。

「だから、不甲斐《ふがい》ない自分を罰するために、こうして自分を打ちつけてやるのです」

その姿に綾子は衝撃を受ける。

〈自分を責めて、自分の身に石打つ姿の背後に、わたしはかつて知らなかった光を見たような気がした。彼の背後にある不思議な光は何だろうと、わたしは思った〉（『道ありき』より）

この人の生きる方向について行ってみよう。そう考えた綾子は、前川の信じるキリスト教を学び始める。洗礼を受けたのは、それから三年後の昭和二七（一九五二）年、脊椎カリエスの診断を受けて入院していた病院のギプスベッドの上だった。

退院後も綾子はギプスベッドでの生活を余儀なくされた。入院と自宅療養を合わせると療養期間は一三年に及んだが、このうち七年間をギプスベッドに固定された状態で過ごしている。三浦綾子記念文学館には、古ぼけた手鏡が展示されているが、これは首を動かすことのできなかった綾子にとっての必需品だった。

三浦光世は、「私が出会った頃の綾子は、食事のとき、胸の上にお盆を置き、片手に手鏡を持って映しながら食べていました」と話す。

トイレにも立てず、手鏡に映さなければ外の景色さえ見られない。そんな生活に七年間耐えた綾子が、身動きのできない身を最も悲しんだのは、前川が逝った夜だった。

前川は胸郭成形の手術を受けていた。肋骨を八本切除する、危険のともなう手術を決断したのは、早く医者になって綾子の療養を経済的に支えたいとの思いからだった。
しかし健康を取り戻すことはできず、昭和二九（一九五四）年五月、三三歳で亡くなった。弔問に行くこともかなわない綾子は、ベッドで一晩中泣き続けた。
〈仰臥《ぎょうが》したままの姿勢で泣いているので、涙は耳に流れ、耳のうしろの髪をぬらした。ギプスベッドに縛られているわたしには、身もだえして泣くということすら許されなかった。悲しみのあまり、歩き回ることもできなかった。ただ顔を天井に向けたまま泣くだけであった〉（『道ありき』より）
前川の家族から遺書が届けられた。前川が綾子に書いた千数百通に及ぶ手紙の、最後の一通である。『道ありき』からその一部を引く。
〈綾ちゃんは真の意味で私の最初の人であり、最後の人でした。
綾ちゃん、綾ちゃんは私が死んでも、生きることを止めることも、消極的になることもないと確かに約束して下さいましたよ。（中略）
一度申したこと、繰返すことは控えてましたが、決して私は綾ちゃんの最後の人であることを願わなかったこと、このことが今改めて申述べたいことです。生きるということは苦しく、又、謎に満ちています。妙な約束に縛られて不自然な綾ちゃんになっては一番悲しいことです〉
遺書には、綾子が前川に書いた手紙と、前川の日記が添えられていた。「焼却された暁は、綾ちゃんが私へ申した言葉は、地上に痕をとどめぬわけ。何ものにも束縛されず自由です。これが私の最後の贈物」との言葉が遺書にあった。

五年半の交際の中で、二人は口づけ以上の関係に進まなかった。自分の死を早くから意識していた前川が望んだのは、綾子がその後の人生を自由に生き、新しく愛する人を見つけてくれることだった。そのための周到な配慮をして逝ったのである。

悲しみに沈む日々を過ごした綾子は、前川の一周忌を機に、これからは前向きに生きようと決心する。その翌月に出会ったのが三浦光世である。彼は亡き前川に驚くほどよく似た面差しの青年だった。

(四)「しみじみ愛し吾が妻なれば」

三浦光世が綾子の見舞いに訪れたのは、「いちじく」というキリスト教誌の発行者である菅原豊から、同じ旭川市在住の綾子を見舞ってやってほしいという葉書をもらったことからだった。菅原は名前から三浦光世を女性だと思ったのだ。

「私が男性と知っていたら、菅原さんは見舞いを勧めなかったでしょうね。そうしたら私たちの運命は変わっていたでしょう」と三浦は振り返る。小さな誤解から、二人は出会うことになったのである。

訪ねてきた三浦を見た綾子は驚いた。前川正にあまりにも似ていたからだ。三浦は見舞いに来ても、綾子が疲れないよう決して長居せず、体調が悪いと聞くと玄関先で帰っていく。そのふるまいは清潔で、思いやりに満ちていた。

次第に三浦が来るのを心待ちにするようになった綾子は、そんな自分を警戒する。私は一生前川だけを思って生きていこうと思っていたはずではないのか、と。

やがて三浦に心が傾いていくのをどうしようもなくなったとき、綾子は前川の遺書の「決して私は綾ちゃんの最後の人であることを願わなかった」という言葉に込められた深い配慮に気づく。

「生きるということは苦しく、又、謎に満ちています」とも前川は書いていた。その言葉通り、予期しなかった出会いによって、綾子の前に新しい運命が開けようとしていた。

前川が遺《のこ》した言葉によって、別の人を好きになってもいいのだと思えるようになった綾子だが、三浦に気持ちを打ち明けるつもりはなかった。病が癒えて職場に復帰している三浦と違い、自分は一生治らぬかもしれない身だ。当時の綾子の日記には「わたしは自分が、相手をしあわせにできない人間であることを銘記すべきだ」「三浦さんのあの暖《あたたか》い友情に甘えてはいけない」とある。

しかし三浦は、縁談をすべて断り、綾子を待つと決めた。

「あなたがなおらなければ、ぼくも独身で通します」という三浦に、綾子は、自分は一生、前川を忘れられないこと、三浦が前川に似ており、三浦を通して前川を愛し続けているのではないかという気持ちがぬぐえないことを正直に話した。すると三浦は言った。

「あなたが正さんのことを忘れないということが大事なのです。わたしたちは前川さんによって結ばれたのです。綾子さん、前川さんに喜んでもらえるような二人になりましょうね」

旭川市に三浦を訪ねたとき、私はこのときのことを聞いてみた。前川さんのことが気にかかったことはありませんか、嫉妬の気持ちはなかったのですか、と。

彼は柔和な顔に笑みを浮かべて首を振った。目尻と口もとに、何ともいえないあたたかみのある皺《しわ》ができた。

結婚を決意する前、三浦は綾子の短歌のノートを見せてもらったことがあるという。そこには前川への挽歌が記されていた。

マーガレットに覆はれて清《すが》しかりし御柩《みひつぎ》と伝へ聞きしを夢に見たりき

吾が髪と君の遺骨を入れてある桐の小箱を抱きて眠りぬ

前川のことは綾子から聞いていたが、改めて胸を打たれたという。それからほどなくして三浦は夢を見る。

「それは、綾子が息を引き取る夢だったのです」

目覚めた三浦は「神にしがみつく思い」で、綾子を癒やしてくれるよう祈った。すると、「愛するか」という声が聞こえてきたという。これが、綾子への愛を自覚し、結婚を決断する契機になった。

「一生かかっても、前川さんのような真実な人になりたい」——そんな思いから、結婚を決意して以来、三浦が前川の写真をポケットに入れて持ち歩いているという話が、『道ありき』の続編にあたる『この土の器をも』に出てくる。

綾子の没後もそれは変わらず、三浦の背広の胸ポケットにはつねに前川の写真が入っている。生前の前川に三浦は一度も会っていない。なんと不思議な関係だろうか。

四二歳にして作家になった綾子を、三浦は勤めを辞めて支えた。ひどい肩こりに苦しむ綾子のため、やがて綾子が口述する文章を三浦が筆記するようになる。こうして、『塩狩峠』『泥流地帯』『天北原野』など多くの名作が生まれたのだった。

帯状疱疹《ほうしん》、がん、パーキンソン病の闘病をへて綾子が死去したのは、平成一一（一九九九）年のことである。

綾子は旭川市郊外の墓地に葬られた。墓碑には三浦光世と綾子の名、そしてそれぞれの歌が刻まれている。

着ぶくれて吾《わ》が前を行く姿だにしみじみ愛《かな》し吾が妻なれば　光世

病む吾の手を握りつつ眠る夫眠れる顔も優しと想ふ　綾子

話を聞かせてもらったときから五カ月後の平成二六（二〇一四）年一〇月、三浦は天に召された。妻・綾子が没してから一五年がたっていた。

四

中島敦——ぬくもりを求めて

1938年頃：県立神奈川近代文学館提供

（一）母の愛を知らぬ少年

彼は中学生のとき一匹の黒猫を飼っていた。もう老猫で、毛は薄汚れて艶がなく、しょっちゅう風邪をひいてはくしゃみをしたり洟《はな》をたらしたりした。

家の者が嫌っていたこの猫を、彼は偏愛した。口移しに食べ物を与え、一週間ほど姿が見えなくなったときは、経験したことのない不安と絶望におちいった。猫は彼になつき、彼が学校から帰ってくる頃になると、いつも犬のように門のところで待っていた。

彼、中島敦は、長じて小説家になった。多くの国語教科書に採録されている「山月記」「李陵」などの名作を残したが、三三歳で夭折《ようせつ》した。長く喘息《ぜんそく》をわずらっており、それが悪化しての死だった。中島の親族に取材した評伝『夏雲』（武内雷龍）によれば、中島の近親者の中には、彼が喘息になったのは毎晩猫を抱いて寝ていたからだと言う者もいたという。

本当にそうだったかはわからないが、もしもそのせいで病を得たとしても、少年期の中島には、抱いて寝る猫のぬくもりが必要だった。彼は幼少の頃からずっと、孤独の中で育ってきたのだ。

中島は明治四二（一九〇九）年、中学校教師だった父と小学校教師だった母の最初の子として東京・四谷に生まれた。一歳にならないうちに両親が別居し、最初は母親と暮らしたが、二歳のとき父親に引き取られた。父親が当時、親類に書いた手紙には「カアチャンどこへいった」「カアチャンのところへ行く」といって泣く中島の姿が描かれている。

父親は自分の実家に息子を預けた。中島はそこで、祖母と伯母の手で育てられる。父親と一緒に暮らせるようになったのは五歳のときである。前年に正式に離婚が成立し、父親は再婚していた。継母は厳しい人で、中島を庭の木に縛りつけることもあったという。

その継母は、中島の異母妹になる女児を産んだ直後に死去し、父親は翌年、三人目の妻を迎えた。中島が一四歳のときである。

父と新しい母が外出し、外で食事をして帰ってきたことがあった。幼い妹を置いて出かけたことに腹を立てた中島は、二人が土産に買ってきた蒲焼《かばや》きを一口食べただけで、残りを猫に与えた。怒った父親は猫を蹴飛ばし、息子を殴りつける。中島が自分自身をモデルに書いた初期作品「プウルの傍で」に出てくるエピソードである。

中島はこの作品の中で、二人目の継母のことを、〈……やがて、その女の大阪弁を、また、若く作っているために、なおさら目立つ、その容貌の醜くさを烈《はげ》しく憎みはじめた〉と書き、父については、〈彼なぞにはついぞ見せたこともない笑顔をその新しい母に向って見せることのために、彼は同じく、その父をも蔑み憎んだ〉としている。

二歳で生みの母と引き離され、祖母、伯母、二人の継母と、次から次に手渡されるようにして育った中島は、母親のぬくもりを知らないまま大きくなった。

中島に実母の記憶はない。実母は中島の父と離婚後に再婚して子供をもうけたのち、中島が一二歳のときに病死している。生き別れた中島の写真を胸に抱いて息を引き取ったというが、実母の死を彼に知らせてくれる者はいなかった。

母親の愛情を存分に享受できなかった中島が長じて妻に選んだのは、幼いときから苦労して育った、健気で心やさしい女性だった。橋本タカという名のその女性は、ぽっちゃりとして色白の、いかにも母性的な人だったという。

出会ったのは、中島が東京帝国大学文学部国文科に在学していた二一歳のときである。当時の彼はダンスと麻雀に熱中し、芝にあった麻雀クラブに通いつめていた。ここの従業員だったのがタカである。

愛知県の農家の三女として生まれたタカは、祖父母の世話をするため、一〇歳で両親から離された。祖父母と同居して面倒を見ながら暮らしていたが、一五歳のとき、今度は叔母（父親の妹）から、息子の義次（タカの従兄《いとこ》に当たる）が東京でやっている船具問屋を手伝うよう命じられる。

上京して手伝いを始めたが、まもなく船具問屋はつぶれ、タカは働きに出なければならなくなった。それで新聞広告を見て勤め始めたのが、芝の麻雀クラブだったのだ。親や親戚の都合に振り回されて育ったという点は中島と共通している。

二人は愛し合うようになるが、結婚には障害があった。叔母がタカを東京の義次のもとに送ったのは、二人を結婚させようと考えてのことだったのだ。義次本人もそのつもりで、親戚の間では、タカは義次の許婚《いいなずけ》ということになっていた。

しかし中島はどうしてもタカをあきらめられない。青白きインテリである中島の、らしくない大奮闘が、ここからスタートする。

(二) 男一匹頭を下げて得た妻

〈隴西《ろうせい》の李徴は博学才穎《さいえい》、天宝の末年、若くして名を虎榜《こぼう》に連ね、ついで江南尉に補せられたが、性、狷介《けんかい》、自ら恃《たの》むところ頗《すこぶ》る厚く、賤吏《せんり》に甘んずるを潔しとしなかった〉

中島敦「山月記」の冒頭である。漢文脈の文体の、思わず音読したくなるようなリズムを懐かしく思う人もいるだろう。

昭和一七(一九四二)年に発表されたこの短編は、昭和二〇年代後半から現在にいたるまで、多くの高校国語教科書に採録されてきた。唐のエリート官吏が詩人になろうとして挫折し、虎になった話といえば、作者の名を覚えていない人でも、ああれか、と思い出すかもしれない。

「山月記」は、唐代に書かれた「人虎伝」という伝奇物語に材を取っている。儒学者の祖父と漢文教師の父を持ち、中学一年で四書五経を読了した中島は漢籍の素養にすぐれ、中国の古典を素材にした名作を残した。

その中島が、二二歳のとき、こんな手紙を書いている。

〈男一匹頭を下げてのお願ひでございます。何卒何もいはずに叶へて下さいまし〉

相手は、恋した女性の許婚・和田義次。中島は、女を譲ってくれと頼んでいるのだ。義次の母（タカの叔母）が半ば強引に決めた結婚話である。結婚は、本人同士より親族の意向で決まる時代だった。

中島とタカの関係を知った義次に、中島は身を低くして懇願の手紙を書いた。きりりとした硬質の文章で知られる「山月記」の作者が、〈男一匹頭を下げて〉などという浪花節のようなフレーズを使っていることに驚かされるが、その分、中島の必死さが伝わってくる。

〈先《ま》づたかにあなたを裏切らせた罪は何といたしましても深くお詫《わ》び申上げます〉〈けれども私といたしましても始めから決して一時の出来心とか悪戯とかいふ積りではなかつたのでございます。／単に一時の出来心でしたら何を好んで貴方《あなた》といふ方のついて居るたかを選んであの様なことを致しませうか〉

心情を縷々《るる》述べた長文の手紙である。タカの不幸な生い立ちにふれて〈どうかたかを（いや私達二人を）あはれだと思つて下さいまし〉と泣き落としにかかっている部分もある。

1940年8月頃、家族と。次男を抱くのが妻タカ

だが、事業に失敗して知人の家に身を潜めていた義次は、この手紙を受け取っても心を動かされるようなことはなく、二人を許さなかった。

この頃タカは、叔母である義次の母から、同居して自分の世話をせよと言われて故郷の愛知県に帰っていた。叔母は中島とのことを知って激怒する。タカは仲を裂かれるのを怖れてひそかに家を出て、姉の婚家に匿《かくま》ってもらった。

叔母は中島の父親のもとに乗り込んでいく。許婚のいる女をかどわかしたとして中島が罪に問われたらどうしようとタカは悩み、そうなったら生きていられないと思いつめた。

結局、中島家から義次に金銭が支払われた。中島はタカの父親に宛てた手紙の中で、〈金銭のことは事実でございます〉とした上で、タカを金で取引したようで嫌な気持ちがするので、そのことはもう忘れてほしいと書いている。そして〈私といたしましては、これからも、たかさんを幸福にするためには、どんな努力も惜しまない積りで居ります〉と述べている。

しかし、ことはこれだけでは収まらなかった。ある日、タカが以前働いていた芝の麻雀クラブに警察がやって来て居所を聞き出して行った。義次がタカの「夫」として捜索願を出したのだ。タカが連れ戻されることを怖れた中島は、急いでタカに手紙を書く。

〈いづれ、君の方へ、和田の兄さん（注・義次のこと）が行くだらう。そして、おどしたり（刃物位持出すかもしれないな）、泣落したりしようとするだらう〉〈君と僕とは、お互の気持さへ、しつかりして居れば、それでも何でもない〉

紆余《うよ》曲折の末、最終的に義次はタカをあきらめ、ようやく結婚への道筋がつく。しかし今度は中島の心に、別の不安がきざしはじめる。自分はタカに値する人間だろうか。タカは一生自分を愛してくれるだろうか、と。

〈お前はまだ知らないんだ。僕が、どんな悪い人間かといふことを。僕は今迄全く、悪い人間だつた。(みんな僕の弱さから来て居ることだが)〉〈今迄したことの中で、後悔して居ないのは、只《ただ》、「お前との間のこと」だけだ〉

タカは、無償の愛を注いでくれる母のような存在だった。誰よりもそうした女性を求めた中島は、それゆえに、いま自分が手に入れようとしている幸福が怖かったのかもしれない。

(三) 南洋からの手紙

昭和八(一九三三)年四月、タカとの間に長男の桓《たけし》が誕生し、中島敦は二三歳で父親になった。だがこのときまだ、中島はタカと正式に結婚していなかった。タカの許婚に金を支払い、刃傷沙汰を覚悟するような事態まで経てようやく結婚にこぎつけたはずが、なぜか入籍も同居も先延ばしにしたのである。

桓が生まれたとき、中島は大学を卒業して横浜の高等女学校に勤めていた。きちんと就職してから所帯を持つというのが結婚に当たって中島の父親が出した条件だったが、それをクリアしていたにもかかわらず、彼はその年の一二月になるまで結婚の届けを出していない。それどころか愛知県の実家で出産したタカを呼び寄せることもしなかった。

しばらくしてタカは桓を連れて上京してきたが、中島は横浜のアパートで一人暮らしを続け、妻子は東京都内の貸間を転々とすることになる。登山や海水浴を楽しみ、旅行にもたびたび出かける中島を、女学校の同僚たちは独身だとばかり思っていたという。

中島がようやく妻子と一緒に暮らすようになったのは、桓が二歳になってからのことだ。その間ほかの女性との噂などもあり、タカは不安な思いをしたようだ。しかし中島はタカと別れるつもりはなく、桓のことも溺愛していた。ではなぜこんなに長く妻子と別居し、気ままな生活を続けたのだろうか。

家庭の温かさを知らずに育った中島は、まだ若かったこともあり、家庭を持つことに戸惑いや怖れがあったのかもしれない。また、同い年ながら包容力があってやさしいタカに甘え、何をしても許してもらえると思っていた面もあるだろう。タカは妻というより母親代わりのような存在だったのではないだろうか。

結婚前に中島がタカに宛てた手紙には、よりによって男のついてる女をもらわなくてもいいだろうと父親から言われ、そういう悪い男がついていればこそ自分がぜひもらってやらなければならないのだと答えたことが書かれている。不幸な境遇にあるタカを救うつもりで結婚した中島だが、本当は自分の方が、母のような存在を得て救われたかったのかもしれない。

タカとの間には、昭和一五（一九四〇）年に次男の格《のぼる》が生まれた。教師として勤めながら小説を書いていた中島は、昭和一六（一九四一）年六月、ミクロネシアに旅立つ。当時、南洋群島として日本の統治下にあった、サイパン、テニアン、パラオ、トラックなどの島々である。南洋庁から「国語編修書記」として雇われ、島民の子供たちが公学校で使う国語教科書を作るための調査に赴いたのだ。

持病の喘息に南洋の気候がよいのではないかと考えたことと、高い外地手当がつくことから転職を決め、単身で赴任した。

この赴任中、中島は子供たちに八〇通を超える手紙を書き送っている。

〈ぼくの　きんじよ　の　へや　の　おぢさん　が　この間　小さなさる　を　かつて　来た。とほくの　島で　二えん　で　かつて来たんだつてさ。てのひらの上に　のる　くらゐ　の大きさで、だれにでも　すぐ　だいてもらひたがるんだ。ポケットにはいるから、ポケット・マンキイ（マンキイといふのは、さるのこと）と　いふんだよ。たべもの　は　バナナさ。かはいいよ〉

これは国民学校二年生だった桓に宛てたもの。中島はポケットモンキーやトビウオ、巨大なカタツムリ、イルカなど、子供たちが喜ぶ珍しいものを見つけては語りかけるように手紙を書いている。まだ一歳半で字の読めなかった格に宛てた手紙もある。

子煩悩だった中島は子供を思うと仕事が手につかず、午後四時以降は子供のことを考えないという規則を自分に課していた。妻のタカへの手紙には、こんな一節がある。

〈何か、人事不省になるやうな劇《はげ》しい病気にでもなつて、フト、目が覚めて見たら、お前達の傍《そば》にゐた、といふやうなことにでもなれば、どんなにいいだらう。子供等にうつる病気でさへなければ、どんな大病にでもなり度《た》いと思ふ。もし、それで、お前たちの傍にかへされるんだつたら〉

結婚当初、同居を躊躇《ちゅうちょ》した妻と子は、いつしか中島にとってなくてはならない存在になっていた。

家族と離れた寂しさゆえか、中島の体調は南洋でかえって悪化した。結局、九カ月足らずの滞在で、昭和一七年三月に帰国する。

留守中に「山月記」と「文字禍」が「文學界」に掲載されており、七月には初の小説集『光と風と夢』が、一一月には二冊目の『南島譚《たん》』が出版された。ようやく作家としての将来が見え始めたが、この年の一二月、喘息による心臓衰弱で、中島はあっけなく亡くなってしまう。三三歳の若さだった。

最後は、背中をさすり続けるタカの胸に抱かれて息を引き取ったという。

五

原民喜——「死と愛と孤独」の自画像

千葉の自宅で。1937年〜38年頃：日本近代文学館提供

（一）唯一の庇護者だった妻

彼が持っていた洋服は、夏冬通して三着ほどしかなかったと、原民喜《たみき》の年少の友人であった遠藤周作は書いている。その中でもっとも着古した粗末な普段着――国民服を染め直した黒い詰襟――を着て、原は自死した。

主のいなくなった部屋の壁には、一着の背広が掛けられていた。大事に着ていたそれを、彼は友人のために残したのだ。戦争が終わって五年半が経っていたが、文学青年たちはみな貧しかった。

昭和二六（一九五一）年三月一三日夜一一時過ぎ、原は中央線の吉祥寺―西荻窪間の築堤を上り、線路に身を横たえた。まもなく西荻窪方面から下り電車がやってきて、彼の身体の上を通過する。原爆文学の名作「夏の花」の作者はこうして死んだ。四五歳だった。

終戦の前年に妻に先立たれ、その後に疎開した広島で被爆して家財のすべてを焼かれた原は、戦後、文学活動を再開した東京で下宿暮らしをしていた。数少ない持ちものはきちんと整理され、ひとつひとつに、これは誰々さんにあげますという札がつけられていたという。

部屋には遺書も残されていた。親戚や友人に宛てたもので、全部で一七通。そのうち、義弟（妻の弟）の佐々木基一に宛てた遺書を、広島市立中央図書館で見ることができた。

B4サイズの原稿用紙が、折りたたまれて封筒に入っていた。丸みをおびた小さな文字が、ひとつひとつの枡目《ますめ》に几帳面《きちょうめん》に収まっている。

〈ながい間、いろいろ親切にして頂いたことを嬉しく思ひます。僕はいま誰とも、さりげなく別れてゆきたいのです。妻と別れてから後の僕の作品は、その殆どすべてが、それぞれ遺書だつたやうな気がします〉

最愛の妻を失ったときから、原の心は半ば死の側にあった。彼の生活も文学も、妻がいてこそのものだったのだ。しかし、原爆に遭遇したことで、彼は心に決めていたみずからの死を延期したのである。

原は広島市内の生家で被爆したが、家が倒壊を免れたことと、投下の瞬間に便所にいて閃光《せんこう》を直接浴びなかったことから、怪我《けが》も火傷も負わずにすんだ。しかし直後に火災が起き、以後の三日間を川原や神社の境内で野宿をして過ごす。

この間に原が綴った手帖が残っている。「夏の花」の原型となったもので、カタカナで一二ページにわたって、見聞きしたことが克明に記されている。その中にこんな一節がある。

〈我ハ奇蹟《きせき》的ニ無傷ナリシモ　コハ今後生キノビテコノ有様ヲツタヘヨト天ノ命ナランカ〉

この一文が書かれたのは、原爆投下から二晩を経た八月八日のことで、このときまでに原はおびただしい悲惨な死を目撃している。それを書くまで、妻のもとに行くわけにはいかなくなったのだ。

原の妻・貞恵は、昭和一九（一九四四）年九月に亡くなっている。結核に糖尿病を併発し、五年間を病の床で過ごした末のことだった。

明るく社交的な性格の貞恵は、売れない作家だった原を全力で支え、励ました。原の生活能力のなさを心配した実家から、別れて帰ってくるように勧められたこともあったが、夫の才能を信じ、どのような苦労も厭《いと》わなかった。

神経過敏で極端に無口だった原は三〇歳を過ぎても一人で人前に出ることができず、近くの町医者に行くのにも貞恵に付き添ってもらうほどだった。

先輩作家の佐藤春夫を訪ねたときは、直接ものが言えず、何か問われると小さな声で貞恵にささやき、いちいち取り次いでもらったという。佐藤はそんな原の姿を、〈小学生が母につれられて学校の先生の前に叱られに出たかのやうに見えた〉と回想している（「原民喜詩集序文」）。「杞憂《きゆう》」という俳号を名乗るほど心配性で、陰鬱に沈みがちだった原の気分を、うまく転換させてくれたのも貞恵だった。原にとって貞恵は唯一の庇護《ひご》者であり、世間との橋渡し役だった。

その貞恵のいない世界で、原は六年半を生きた。その間、原爆投下直後の地獄のような光景を目にし、終戦直後の飢えに耐えてそれを作品にした。無傷で生きのびたはずが、自死した頃には白血球の数が減り、体力の低下も著しかった。もう生きる力は残っていなかったのだろう。

佐々木基一宛ての遺書は、こう続いている。

〈岸を離れて行く船の甲板から眺めると、陸地は次第に点のやうになつて行きます。僕の文学も、僕の眼には点となり、やがて消えるでせう〉

末期の眼というより、これはもう死者のまなざしに近い。線路に身を横たえたとき、原の魂はすでにこの世を離れ、貞恵のそばにあったのかもしれない。

（二）苦難の人生に咲いた幸福

みずからの体験をもとに、被爆直後の広島の光景を静謐《せいひつ》な筆致で描いた「夏の花」。井伏鱒二の「黒い雨」とともに原爆を描いた文学作品の傑作とされるこの小説は、〈私は街に出て花を買うと、妻の墓を訪れようと思った〉という一文で書き出されている。

原民喜が妻・貞恵の墓参りに行ったのは、原爆が投下される二日前の八月四日のことである。もうすぐ貞恵の初盆という時期だったが、それまで広島の街が無事かどうか疑わしいと彼は思っていた。その危惧は結果的に的中することになる。

このとき妻に手向けた花を、〈何という名称なのか知らないが、黄色の小瓣の可憐《かれん》な野趣を帯び、いかにも夏の花らしかった〉と原は描写している。「夏の花」という題名はここからとられた。執筆時は「原子爆弾」と題されていたが、昭和二二（一九四七）年の発表の際、GHQの検閲を考慮して改題したのだ。

「夏の花」冒頭の墓参りの挿話は原稿用紙にして一枚ほどの短さで、その後すぐに〈私は厠《かわや》にいたため一命を拾った〉と、原爆投下当日の話が始まる。この日からの三日間に主人公が眼にすることになるおびただしい死の前に、作者である原は、先んじて死者となった最愛の妻を置いたのである。彼女に捧《ささ》げられた可憐な花は、作品中で原が〈銀色の虚無のひろがり〉と表現した被爆直後の広島の光景と、痛切な対照をなす。

このとき原が参った墓は、広島市中区白島《はくしま》の円光寺にある。いまは原自身も眠るその墓を私が訪ねたのは、一一月初旬の雨の日だった。寺は交通量の多いバス通りに面していたが、マンションや商業ビルに囲まれた狭い墓地はひっそりしていて、谷底を思わせる静かさだった。住職の夫人によれば、原爆で墓石はみな倒れ、戦後に再建されたという。

持参した「夏の花」の文庫本には、墓参の後、〈饒津《にぎつ》公園の方を廻って家に戻った〉とある。同じルートを通って、原が当時住んでいた生家跡まで歩いてみることにした。

広島市の地図を見て気がついたのは、この日の原が遠回りをして帰っていることだ。生家は円光寺からほぼまっすぐ南に下った幟町《のぼりちょう》にあるが、饒津公園は東方向に歩き、川を渡った対岸にある。

饒津公園は饒津神社を中心とする一帯である。あたりを歩いていたら、すぐ近くに別の神社

妻・貞恵と。1936年〜38年頃：日本近代文学館提供

があった。境内はこぢんまりしているが、きれいに手入れされた日本庭園がある。コンクリート製の鳥居に「鶴羽根神社」と記されているのを見て、あっと思った。確か、原が結婚式を挙げた神社がそんな名前ではなかったか。

後で調べてみたらやはりそうだった。原は貞恵とこの神社で式を挙げている。墓参りの帰り、わざわざ川を渡ってやって来たのは、鶴羽根神社に寄るためだったのではないだろうか。ここは、苦難の多かった原の人生の中で、もっとも幸福な時間が始まった場所なのだ。

二人が結婚したのは昭和八（一九三三）年三月、原二七歳、貞恵二一歳のときである。貞恵は広島県豊田郡の出身で、広島県立広島商業学校に通う長兄が原家の隣家に下宿していた縁で見合いをすることになったのだ。

しかしそれ以前にも原は、一度貞恵と会ったことがあった。広島市内の旧制中学に通っていたときのことである。

青白い中学生だった原は、夏が来ても泳ごうとせず、引きこもって本ばかり読んでいた。そんなある日、家の裏の葡萄《ぶどう》棚の下でぼんやりしていると、近所の小父《おじ》さんが、水泳にでも行ったらどうかと話しかけてきた。

「この子を見たまえ。毎日泳いでるので、君なんかよりずっと色黒だ」

そのとき小父さんの側にくっついていた小さな女の子が貞恵だった。豊田郡から広島市内に遊びに来ていたのだろう。

原の視線を受けた貞恵は、〈羞《はにか》みと得意の表情で、くるりと小父の後に隠れてしまった〉という。〈その少女が、私の妻になろうとは、神ならぬ私は知らなかったのだ〉と原は書いている（「葡萄の朝」）。

二人は東京・池袋で新生活を始めた。原の友人だった長光太は貞恵の印象を、〈小柄で丸顔で愛くるしい型のひとで、気さくで利発で賑やか〉としている。そして当時の原について、〈貞恵さんをとおして日常の茶飯事をまなび直し、常識の世界へわたりをつけようとしていた〉と述べている（『定本原民喜全集Ⅰ』解説）。

日常の茶飯事をまなび直す、とはどういうことか。

実は、結婚前の原の生活は荒れていた。大学を卒業しても定職に就かず、横浜・本牧で知り合った水商売の女性を大金をはたいて身請けする。だが一カ月もたたないうちに彼女に逃げられ、カルモチンを大量に飲んで自殺を図ったのである。貞恵と見合いをしたのは、その翌年のことだった。

（三）安らぎに満ちた妻の病室

原民喜は慶應大学在学中の一時期、左翼活動にかかわっていた。同郷である貞恵との縁談は、そんな原を心配した親族によって進められたものだった。

原の生家は広島市内で陸海軍・官庁用達の繊維商を営んでいた。原はその五男である。一八歳で慶應の予科に入り、その後大学に進んで二六歳で卒業するまで、東京で文学三昧の生活を送ることができたのは、生家の経済力のおかげだった。

当初は結婚に乗り気ではなかった原だが、結果的に貞恵の存在に救われることになる。貞恵は夫の才能を信じ、作家として立つという原の夢を自分の夢とした。貞恵を追想した連作「美しき死の岸に」には、「こんな小説はどう思う」と構想を語る夫に、妻が悦びにあふれた顔で「お書きなさい、それはそれはきっといいものが書けます」と言う場面がある。

〈彼の妻は結婚の最初のその日から、やがて彼のうちに発展するだろうものを信じていた。それまで彼の書いたものを二つ三つ読んだだけで、もう彼女は彼の文学を疑わなかった〉と原は書いている。

原は結婚後も、昼間は寝て夜起きているという学生時代からの生活スタイルを変えなかった。それが特高警察に怪しまれ、夫婦で検挙されてしまう。

一晩勾留されただけで釈放となったが、これをきっかけに、東京を引き払って千葉市登戸町に転居した。結婚翌年の昭和九（一九三四）年のことである。以後、貞恵の死までの一〇年間を、二人はここで暮らした。

転居の翌年に『焔』を自費出版、「読売新聞」に中島健蔵の批評が載る。以後、「三田文学」にたびたび寄稿するようになり、精力的に創作に取り組んだ。

この頃の原夫妻は、年に三、四回ほど上京して、映画や芝居を見たり知り合いの文学者を訪ねたりしていた。東京では貞恵の弟である佐々木基一の家に泊まったが、佐々木の回想「死と夢」によれば、貞恵は来るたびにまず広島弁で「今日もまたもどしちゃったんよ」と言ったという。神経質な原は上京の緊張から、家を出る前に毎回嘔吐《おうと》していたのだ。

当時の作家は温泉地などに滞在して小説を書くことがあった。執筆に難渋する原を見て、あるとき貞恵は気分転換に伊東に行くことを勧めた。一カ月分の滞在費を持たせて送り出したが、原は何も書かずにすぐ帰ってきてしまった。

佐々木が原の家を訪ねると、「何でそんなに家がいいんかしら……」と言う貞恵の横で、原は母親にからかわれる子供のように安心した顔で笑っていたという。

貞恵が発病したのは、昭和一四（一九三九）年のことである。結核に糖尿病を併発して千葉医科大学附属医院（現・千葉大学医学部附属病院）に入院すると、原は一日おきに病室を訪れた。この頃、原は船橋市の中学校に英語教師として週三回出勤しており、毎日通うことはできなかった。

〈一日家に居ると、翌日はまるで千秋の思いでその日がくるのを待っていたみたいに、いそいそとして出かけて行くのだった。その姿は見ていて、いじらしいほどだった〉〈妻の病室に居るときの原は、ちょうど魚が水を得たようにいかにも心楽しげで、凍結から溶けて体内から醞気《うんき》を発しはじめるようであった〉と佐々木は書いている。

原は病室に電熱器を取りつけ、貞恵の傍らで紅茶をわかして飲んだり、林檎《りんご》をむいて食べたりした。妻の病室は、原を脅かし恐怖させる世間から隔絶された二人だけの空間であり、死の気配にとりまかれた安らぎの中で、原は心からくつろいで過ごすことができたのである。

退院して自宅で療養していた昭和一九年の春頃から貞恵の病状は悪化していった。死去したのは同年九月のことである。

直前まで意識ははっきりしていた。死の数時間前、原がアンプル容器のガラスを切ろうとして、いつも使うヤスリを見つけられずうろたえていると、「そこにあるのに」と寝床から見つけて教え、「あなたがそんな風だから心配でたまらないの」と言ったという。

医師が危篤を宣告してまもなく、貞恵は「あ、迅《はや》い、迅い、星……」と少女のような声で言うと、それきり昏睡に陥った。ふたたび意識は戻らず、原はこの世にひとり残されたのだった。

貞恵の死の直後から、ほとんど唯一の話し相手だった彼女に向けて、原は手記を綴った。話したいことのあれこれを丹念にノートに書き続けているうちに、広島の惨劇の日がやってきたのである。

「もし妻と死別れたら、一年間だけ生き残ろう、悲しい美しい一冊の詩集を書き残すために」（「遙かな旅」）と思っていた原だったが、広島の死者たちのために、もう少しだけ生きなければならなくなった。

（四）大惨事に見た銀色の虚無

昭和二〇（一九四五）年八月六日、広島市幟町の家で被爆した原民喜は、京橋川に向かって逃げた。何とか川岸にたどり着き、腰を下ろして一息つく。

おびただしい死体、重傷者のうめき声。だが自分は無傷だった。

〈……今、ふと己れが生きていることと、その意味が、はっと私を弾いた。このことを書きのこさねばならない、と、私は心に呟《つぶや》いた〉（「夏の花」）

しばらくすると炎が迫ってきて、同じく川岸に逃げてきていた次兄とその家族、妹とともに、小さな筏《いかだ》で対岸に渡った。

その夜は川の土手で野宿し、翌日、姪が保護されていると聞いて近くの双葉山の麓にある東照宮へ向かう。境内には施療所が設けられ、多くの負傷者がいた。

二日目の夜を原はここで明かした。一晩中、水を求めてうめいていた二人の女学生は、夜が明けると息が絶えており、ほかにも多くの負傷者が朝までに亡くなっていた。

昼過ぎに長兄が馬車を調達して迎えに来た。原たちは親戚のいる八幡村（現・広島市佐伯区八幡）に向かい、そこで終戦を迎えることになる。

東照宮は、原爆投下の二日前に原が妻の墓参りをした際、帰りに寄った饒津公園から山手に少し上がったところにある。この日、東照宮を出た馬車は、饒津を通り、白島に出た。白島には妻の墓所である円光寺がある。つまりこの日の原は、妻の墓に参ったときと同じコースを逆にたどったのである。

馬車はその後、国泰寺、住吉橋を通って市街地を抜けた。このルートを地図上で確かめると、市街地をほぼ縦断していることがわかる。

「夏の花」には、〈私は殆ど目抜の焼跡を一覧することが出来た〉とある。彼はこのとき、馬車上から被爆直後の市内を視野に収めた。別世界となった広島を、景色として把握したのである。

炎天下に銀色の虚無が広がり、ところどころに膨れ上った屍体《したい》がある光景を、原は〈精密巧緻な方法で実現された新地獄〉と表現している。馬車の進む路は死臭に満ち、破壊の跡は果てしなかった。

超現実派の画のような世界に、〈この辺の印象は、どうも片仮名で描きなぐる方が応《ふさ》わしいようだ〉と、原は片仮名で詩を書いている。

その一節にこうある。

スベテアッタコトカ　アリエタコトナノカ
パット剝ギトッテシマッタ　アトノセカイ

この詩を含め、この章で引用した原の文章は、すべて「夏の花」からのものだ。この作品の原型になったのは、携帯していた手帖に書いたメモである。最初にそれが記されたのは、被爆翌日の午後、東照宮の境内においてだった。

〈突如　空襲　一瞬ニシテ　全市街崩壊　便所ニ居テ頭上ニ　サクレツスル音アリテ　頭ヲ打ツ　次ノ瞬間暗黒騒音〉と始まるメモは、感情を交えず事実のみを記しているがゆえに、かえって状況の異様さが伝わる。

原の全集に収録されている全文を読んで連想したのは、昭和二一（一九四六）年の雑誌に掲載されるはずが、GHQの検閲で全文削除された吉田満「戦艦大和ノ最期」の原型である。未曾有の惨事をその直後に綴ったという共通点のせいか、どちらも素っ気ないほど簡潔な文章が、読み進むうちに、死者たちへの鎮魂歌のような響きを帯びてくる。

広島に取材に行った際、私はこのメモが書かれた東照宮を訪れてみた。

一一月の休日とあって七五三参りの親子連れで賑《にぎ》わっていた。原の文章を刻んだ碑があると聞いていたが、境内が広くて場所がわからない。通りかかった巫女さんに「原民喜の石碑はどこにありますか」と聞くと「……タヌキ、の石碑、ですか？」ときょとんとした顔で聞き返された。民喜をタヌキと聞き間違えたのである。

「いいえ、作家の原民喜の、原爆の……」と言うと、化粧っ気のない頬を真っ赤にして「あっ、すみません！」と叫ぶように言い、「いま聞いてきます」と本殿の方に駆け出した。すぐに息を切らせて戻って来て「この石段の下だそうです」と指さした。

今どき珍しいような純情そうな娘さんで、一〇代のようにも見えたから、アルバイトの女子学生なのかもしれない。赤い袴の裾をひるがえして駆け戻っていく後ろ姿を見ながら、つい笑いがこぼれた。

そして思った。タミキとタヌキ——確かに似ている。少女にタヌキと間違えられたことを、原は怒らないだろう。きっと楽しそうに笑うに違いない。

妻との死別に加え、被爆という壮絶な体験をした原は、戦後の東京で一人の少女と友達になった。自死したとき、原は彼女に一編の美しい詩を遺している。無垢《むく》で明るいその少女の存在は、原の晩年を照らす光となったのである。

（五）最晩年を癒やした「奇跡の少女」

原民喜がその少女と出会ったのは、「夏の花」を「三田文学」に発表した二年後の昭和二四（一九四九）年のことである。

夏の夕暮れ、「三田文学」の年少の仲間である遠藤周作、根岸茂一と、神田神保町の住まいの近くを散歩していたら、一羽の鶏が逃げてきた。見ると、籠を持った少女が後から追いかけてくる。

その鶏を捕まえてやったことがきっかけで、原たちはその少女と親しくなった。彼女は祖田祐子といい、日本橋でタイピストをしていた。

〈このお嬢さんは原さんが死ぬまで荒涼とした彼の生活をほのかに暖めてくれる存在となった人である〉と遠藤周作は書いている（「原民喜」）。

鶏を捕まえたお礼に、彼女はその夜、原の家に寿司を持ってきた。原はお返しに本を貸したという。

敗戦の翌年に広島から上京した原は、生活苦の中で友人宅や甥の下宿などを転々とし、祐子と知り合った頃は「三田文学」の編集室があった神田の能楽書林に寄寓《きぐう》していた。寒々とした部屋に住み、外食券食堂でひとり貧しい食事をとる。外食券を入れた財布には、亡妻の写真を入れていた。

〈自分のために生きるな、死んだ人たちの嘆きのためにだけ生きよ。僕を生かしておいてくれるのはお前たちの嘆きだ〉（「鎮魂歌」）

妻だけでなく広島の死者のためにも書かねばならないという思いに支えられ、窮乏と孤独に耐えた原だったが、原爆の記憶はその繊細な神経を圧迫し続けた。

あるとき遠藤が原と歩いていると、都電が鈍い音をたて、線路に火花を散らして通過した。原は身体を震わすようにして立ち止まり、怯《おび》えた目で電車をじっと見つめたという。原爆の落ちた瞬間を連想したのだった。

ひとりぼっちの原を、祐子はときどき訪ねるようになった。原は彼女と一度お茶を飲みに行きたいと思ったが言い出せず、「群像」の編集者だった大久保房男に頼んで誘ってもらった。だが喫茶店で彼女と向かい合っても、ものが言えない。

歯がゆい気持ちで見ていた大久保が、彼女が帰った後で「あんたがいつまでも何も言わんのなら、ぼくがあの人と結婚するが、それでもいいか」と言ってからかうと、原は「結婚してもいいよ」と悲しそうに答え、「そのかわりね、ぼくはね、毎日、君の家に行くけどね」と言ったという。遠藤の「原民喜」に出てくるエピソードである。このとき原は四四歳だった。

原の孤独な生活を心配していた遠藤は、翌年の春、原と祐子を誘って多摩川でボート遊びをした。一張羅の背広に赤いネクタイを締めた原は、ボートの端に不器用に腰かけて、子供のように嬉しそうに笑っていたという。

〈ぼくはね、ヒバリです。とその時、彼は急に言った。ヒバリになっていつか空に行きますと呟いた〉〈既に彼は自殺を決心していたのだろうか。空に行くというのはそういう意味だったのか〉(「原民喜」)

この後、遠藤はフランス留学が決まり、七月に旅立った。原の訃報を受け取ったのは、翌年三月のことである。

日本から転送されてきた遺書には〈これが最後の手紙です。去年の春はたのしかつたね。では元気で〉とだけ書かれていた。多摩川でボートに乗った春の日は、原にとって特別な一日だったのだ。祐子への感情は恋ではなく、〈ある優しいものによって揺すぶられていた〉のだと、原は書いている（「永遠のみどり」）。
祐子宛ての遺書もあった。

祐子さま
とうとう僕は雲雀《ひばり》になつて消えて行きます　僕は消えてしまひますが　あなたはいつまでもお元気で生きて行つて下さい
この僕の荒涼とした人生の晩年に　あなたのやうな美しい優しいひとと知りあひになれたことは奇蹟のやうでした
あなたとご一緒にすごした時間はほんとに懐しく清らかな素晴らしい時間でした
あなたにはまだまだ娯《たの》しいことが一ぱいやつて来るでせう　いつも美しく元気で立派に生きてゐて下さい
あなたを祝福する心で一杯のまま　お別れ致します
お母さんにもよろしくお伝へ下さい

遺書には「悲歌」という詩が同封されていた。それはこう締めくくられている。

〈私は歩み去らう　今こそ消え去つて行きたいのだ
透明のなかに　永遠のかなたに〉
祐子が原について記した文章がある。昭和五三（一九七八）年に青土社から刊行された『定本原民喜全集Ⅲ』の月報に寄せたものだ。そこにこんな一節がある。
〈……私は、原さんの死をみつめた生活を理解しておりませんでした。若《も》し私が、あの時、原さんの気持のほんの少しでも理解出来たら、或《ある》いは何か一言ぐらい、一寸《ちよつと》面白いことでも云って笑わせてあげられたら、もっと楽しく死の旅につかれたのではないかという気が致します〉
彼女もまた無口で、原といても黙っていたことが多かったという。だが原にはそれで十分だったろう。
遠藤に「原民喜と夢の少女」というエッセイがある。それによると、祐子のことを語るたびに原は「キセキダ、キセキダネー。アノヒトニアッタノハ」と言ったそうだ。

六

鈴木しづ子——性と生のうたびと

第2句集『指環』（1952年）の肖像

（一）戦後を駆け抜けた「情痴俳人」

サンフランシスコ講和条約が発効し、日本が独立を回復した昭和二七（一九五二）年、ひとりの女が消息を絶った。美貌の俳人として知られた鈴木しづ子。三三歳だった。以後、生死不明。この六〇年あまり、何度か雑誌等で特集が組まれたが、そのたびに、プロフィールには「生きていれば〇歳」と添え書きがついた。

私がしづ子を知ったのは、いまから三〇年前のことである。たまたま手に取った恋愛詩のアンソロジーの中に、次の句があった。

まぐはひのしづかなるあめ居《ゐ》とりまく

「まぐはひ（まぐわい）」という言葉に一瞬どきりとさせられたが、句そのものは繊細にして静謐。雨音に守られ、世間から隔絶された男女の安らぎをうたっていて美しい。現代俳句ではこんな内容もうたえるものなのかと新鮮な衝撃を受けた。その後、プロフィールを調べて初めて、彼女が「情痴俳人」「娼婦俳人」などと呼ばれた人だったことを知ったのだった。

しづ子はスキャンダルを生きた俳人である。東京に生まれ、戦時下で製図工として働いていたが、婚約者が戦死し、戦後は岐阜で米兵相手のダンサーとなった。

夏みかん酢《す》つぱしいまさら純潔など

ダンサーになろか凍夜の駅間歩く

黒人と踊る手さきやさくら散る

やがてしづ子は、ひとりの黒人兵と暮らすようになる。巷では「こんな女に誰がした……」と歌う『星の流れに』が大ヒットしていた。その歌詞を地でいくような境遇を詠んだ句は、しづ子の美貌とも相まって注目を浴び、毀誉《きよ》褒貶《ほうへん》にさらされた。

情慾や乱雲とみにかたち変へ

娼婦またよきか熟れたる柿食《た》うぶ

こうした句を次々に発表するしづ子に、世間は淪落《りんらく》の烙印《らくいん》を押す。彼女の句を「パンパン俳句」と呼んだ雑誌もあった。

二冊の句集を残して消息不明となった後は、自殺したとの噂が立った。恋人の黒人兵を追ってアメリカへ渡ったのではないかと言う人もいた。

長いこと生年さえもはっきりせず、伝説ばかりが一人歩きしたしづ子。その半生を明らかにしたのは、映像プロデューサーで、俳人、俳句研究者でもある川村蘭太である。しづ子について調べた当初の目的は、彼女の人生を映像化するためだったという。

調査を始めたのは昭和六一（一九八六）年、しづ子を直接知る人がまだ存命だった。ねばり強くしづ子の足跡をたどった川村は、彼女の母親の墓を探し当て、また妹の所在を突き止めて話を聞く。ここに至って初めて、しづ子の生い立ちの詳細が判明したのである。

長年の取材をもとに、川村が評伝『しづ子　娼婦と呼ばれた俳人を追って』（新潮社）を刊行したのは、平成二三（二〇一一）年のことだ。鈴木しづ子という俳人を多少なりとも知る人にとって、この本は衝撃的だった。川村が発掘した、しづ子の大量の未発表句が掲載されていたからだ。

その数、およそ七三〇〇句。失踪から半世紀をへて、これほどの数の句が世に出るのは奇跡的なことである。

未発表句の句稿はもともと、しづ子の師で俳句結社「樹海」を主宰していた松村巨湫《きよしゅう》が所有していた。巨湫が昭和三九（一九六四）年に亡くなった後は、彼の弟子のひとりが保管していた。古い俳句雑誌の座談会記事からそのことを知った川村は、句稿を持っている弟子を探し当て、譲り受けたのである。

その句稿がいま私の手許《てもと》にある。評伝を読んで話を聞きに行った私に、川村が貸してくれたのだ。

貴重なものだからと遠慮すると、「しづ子のことを書くなら、毎晩枕元に置いて寝るくらいでないと。そうしたら、しづ子が憑依《ひょうい》してくれるかも知れませんよ」と言う。句稿を私有する気はなく、近いうちに、しかるべき文学館に寄贈するつもりなのだという。

その日、句稿の入ったジュラルミンの小型トランクを受け取った私は、胸に抱えてそのままタクシーに乗った。

家に着き、トランクを開けて句稿を確認する。一枚につき一〇句ほどが記された便箋が、全部で七四八枚。ブルーのインクで書かれた文字は意外なほど端正で、ペン習字のお手本のようだ。

親しい友人もなく、自分についてほとんど語ることのなかったというしづ子だが、これらのおびただしい句の中で、みずからの半生を語っていた。まるで私小説を綴るかのように。

（二）軍国乙女の恋人は帰らず

鈴木しづ子が松村巨湫に大量の句を送り始めたのは、昭和二六（一九五一）年六月のことだ。この直前、恋人の米兵が所属する部隊が朝鮮戦争に派兵されている。

以後、失踪までにしづ子が岐阜から送った作品は、およそ七三〇〇句。川村蘭太から預かった句稿の原本を見ると、巨湫によって日付のスタンプが押してあり、昭和二七年九月まで、五〇回以上にわたって投句が続いたことがわかる。

ときには一度に五〇〇句以上が送られている日もある。しづ子はもともと、多くを作って多くを捨てるタイプだったというが、こうなるともう創作意欲というようなものではなく、心の裡《うち》にあるものを、五・七・五の器に吐き出していたというしかない。

巨湫が主宰していた句誌「樹海」の編集にたずさわった鳥海多佳男は、巨湫没後に行われた座談会の中で、しづ子の大量投句について「実際、作品は玉石混淆《こんこう》でしたよ。しかし、その中にものすごい気迫の句があるんですね」と語っている。

巨湫はこれら膨大な句から随時選んで、自身が主宰する「樹海」に掲載していた。日付スタンプから判断すると、最後に送られた句稿は昭和二七年九月一五日付の四二句で、これ以後、しづ子は消息不明となった。

母の三回忌に親族と。右端がしづ子：1948年
川村蘭太氏提供

しかし巨湫は、その後もしづ子の句稿の中から「樹海」に掲載を続けた。半年や一年ならまだわかるが、それは巨湫の死の前年の昭和三八（一九六三）年まで続くのである。同年六月号には「ひさかたぶりの鈴木しづ子さん。（中略）てんで、ゆるぎもありません」という評まで添えている。このときに載ったしづ子の句は、一二年前の昭和二六年六月に送られた句稿にあったものだった。

一〇年以上もの間、まるでしづ子が失踪などせず、投句を続けているかのように装った巨湫。その意図はいまもって不明だ。

巨湫はしづ子の才能を見出《みいだ》し、世に出した師である。「樹海」の同人であった宮崎素洲によれば、巨湫はしづ子を「いとしき気儘《きまま》な子」と可愛がっていたという。

掲載を続けたのは、自死を思わせる句を残して消えたしづ子を、せめて誌面ではいつまでも生かしておきたかったからなのか。それとも、俳壇の注目を集め、「樹海」の目玉となった女流俳人を失いたくなかったためだろうか。

巨湫としづ子の出会いは、しづ子が二三歳だった昭和一七（一九四二）年にさかのぼる。

東京の淑徳高等女学校を卒業したしづ子は、製図学校に学び、岡本工作機械製作所の日吉工場で製図工として働いていた。社内にできた俳句部に入って俳句を作るようになったが、そこへ外部から指導にやってきたのが巨湫だった。しづ子はやがて、巨湫の主宰する「樹海」に投句するようになる。

「樹海」のバックナンバーを詳細に調べた川村蘭太によれば、「樹海」に最初に登場したときのしづ子の句は、〈ゆかた着てならびゆく背の母をこゆ〉（昭和一八年一〇月号）、次に掲載された句は、〈青芒の一つ折れしが吹かれゐる〉（同一一・一二月合併号）であるという。少女めいた素朴な作品からスタートしたしづ子だが、やがて戦時下の首都で働く若い女性の日常を詠むようになる。

水中花の水かへてより事務はじめ

時差出勤ホームの上の朝の月

暖房のおよばぬ隅に着更へする

戦争は次第に激しくなり、しづ子は製図の仕事のほかに、挺身隊《ていしんたい》の女性たちとともに工場内で機械工作の作業に従事するようになる。「樹海」は戦時体制の下で発行中断を余儀なくされたが、しづ子は句作をやめなかった。

あきさめや指をそめたる塗料の黄

稲びかり油手あらふ江のほとり

性愛を大胆にうたい、パンパン俳句と揶揄《やゆ》された戦後の作品とはまったく違う、健気な軍国乙女の句である。

家族は地方へ疎開したが、しづ子は寮暮らしをしながら日吉の工場に通い続けた。出征した恋人を東京で待つと決めていたのだ。結婚を約束していたその男性は、一説には競馬騎手だったという。

東京と生死をちかふ盛夏かな

その頃しづ子が作った句である。詞書きに「爆撃はげし」とある。戦時下の若者の恋も生死も、戦争という運命の手に握られていた。

そして敗戦。しづ子は「昭和二十年八月十五日皇軍つひに降る」との詞書きを添えて、次の句を詠んだ。

炎天の葉智慧灼けり壕に佇つ

人間の智慧《ちえ》さえも灼《や》き尽くされたかのような東京に、婚約者は帰ってこなかった。

(三) 物議を醸した大胆な詠みぶり

しづ子直筆の大量の未発表句の入ったトランクの中には、ほかに小冊子が二冊と句集が一冊入っていた。

小冊子は、松村巨湫主宰の俳句雑誌「樹海」のバックナンバーである。ザラ紙をホチキス止めした簡素な製本で、一冊目は昭和一八(一九四三)年一二月の発行。誌名の下に赤字で「巨湫會《かい》 決戦配置に就けり/樹海は本號《ごう》を以《もっ》て終刊とす」とある。戦時下の雑誌統廃合のため終刊を余儀なくされたのだ。この号は、製図工として日吉の工場に勤めていたしづ子が投句を始めた二冊目の号で、小さな活字で一句だけ掲載されている。

もう一冊は終戦翌年の昭和二一(一九四六)年一月二〇日発行で、表紙には「創刊號」の文字がある。戦争が終わって五カ月後、早くも巨湫は「樹海」を復刊したのだった。しづ子の句は、戦時中の工場での労働をうたった三句が掲載されている。

戦時中よりさらに紙質が悪く、ページ数も少ないが、後記によれば「読売報知」その他の新聞に新創刊の広告を出し、少なくない反響があったようだ。日本全体が文化に飢え、活字に飢えていた時代だった。

句集は、しづ子の処女句集『春雷』。やはり質の悪いザラ紙で「樹海」より一回り小さいB6判である。奥付を見て驚いたのは、発行日が昭和二一年二月一〇日であることだ。俳句を始めてから三年ほどしか経たない二〇代の女性が、終戦からわずか半年後に句集を出しているのである。

このときまでに「樹海」に載ったしづ子の句は、戦中・戦後を合わせてたった五句。「樹海」が発行を中断していた間、他誌に投句したものを入れても二〇句に満たない。

新聞に載った自費出版の広告を見てしづ子が出版社を訪ねたところ、句稿を見た担当者が「これはいける」と原稿を買い取って出版に至ったという。この句集は思いがけない成功を収める。九月に初版が売り切れ、二刷、三刷と版を重ねたのである。

とほけれど木蓮の径えらびけり

ノートするは支那興亡史はるの雷

古本を買うて驟雨をかけて来ぬ

清新な感覚が評判を呼び、多くの俳句雑誌に紹介や論評が載った。当時、大学生だった楠本憲吉は、「慶大俳句」の仲間にしづ子に心酔する者がいて、『春雷』を皆で輪読したこと、交流句会にしづ子を呼ぼうという話が出たことなどを後に回想している（「鈴木しづ子断感」）。俳壇から注目されるようになったしづ子のもとには、有名な俳句雑誌からも依頼が来るようになった。しづ子が若い女性労働者であったことも、当時の世相から好意的に受け止められたのだろう。しづ子はこのころ、戦時中に勤めていた工場が進駐軍に接収され、東京・府中の東芝車輛《しゃりょう》に転職、同社の女子寮に住んでいた。

念願の句集を出版し高い評価を受けたしづ子だったが、私生活では波瀾《はらん》が始まっていた。句集出版三カ月後の昭和二一年五月、最愛の母が死去。その直後に父に別の女性がいたことを知る。さらに婚約者の戦死が判明した。「樹海」に寄せた文章で、しづ子はこう書いている。

〈終戦直後の工場のひっそりした寮に戦災の身を横たえ、痴呆《ちほう》の如《ごと》く思考力を失ってしまった。やがて次第に己《おの》れをとり戻してきた。それは却《かえ》ってよいことではなかった。悲しくなった。やるせなくなった。最後に――どうにでもなれ――という捨鉢な気がむくむく頭を擡《もた》げてきた〉（「『寒夜』の句」より）

しづ子は職場の同僚から求婚されるが、年下の大学生にも心ひかれ、三角関係となる。このころからはっきりと、句の傾向が変わっていった。

春雪の不貞の面擲《う》ち給へ

すでに恋ふたつありたる雪崩かな

肉感に浸り浸るや熟れ柘榴

こうした大胆な詠みぶりは俳壇を騒がせた。特に物議を醸したのは次の句である。

欲《ほ》るこころ手袋の指器に触るる

この「器」が男性器のことではないかと取り沙汰されたのだ。

実際には陶器のことで、デパートで好きな陶器を見つけたが高価で買えず、手で触れてみただけで終わったという句だったが、しづ子の作品は、こうした下品な解釈にさらされる危険を含んでいた。

しかし、しづ子はあくまでも自分の感覚に正直にうたい続ける。師である巨湫への当時の葉書には、〈現在の情痴的な作品は未《ま》だつづくと思ひます。自分の気持の生臭さがある間はどうしても出てきてしまひます。不潔とはおもひますが……〉とある。

『春雷』の跋文《ばつぶん》に「句は私の生命でございます」と書いたしづ子にとって俳句とは、その時々の自分に即した、嘘のないものでなければならなかった。

(四) 米兵の恋人失い消息絶つ

昭和二四(一九四九)年、しづ子は、東京から岐阜に転居する。岐阜にはアララギ派の歌人であった叔母が住んでいた。

岐阜の歓楽街・柳ヶ瀬に近い、米兵相手のダンスホールで働き始めたのは翌年のことである。しづ子の未発表句の中に、次の句がある。

花は夜々ジエーンと名づけられつつに

ダンサーも娼婦のうちか雪解の葉

ダンサーは客と踊るのが仕事で、娼婦ではない。席について接客する女性とも区別して募集されていた。しづ子は東京時代に句会の仲間たちと一緒に習ったことがあり、ダンスが上手《うま》かった。

しかし世間からはダンサーも娼婦も同じように扱われた。事実、身体を売るダンサーも少なくなかったが、しづ子の句を注意深く読めば、売春をしていたことを明らかに示すものはない。米兵相手の娼婦に身を落したという風説が流れたのは、〈黒人と踊る手さきやさくら散る〉〈菊白し得たる代償ふところに〉などの句への衝撃からだろう。何と言っても、製図工としての生活をうたって注目された処女句集『春雷』からまだ数年しかたっていなかったのだ。

落暉《らっき》美《は》し身の係累を捨てにけり

この頃、しづ子はこんな句も詠んでいる。落暉とは落日のことである。堕《お》ちていく我が身を落日に重ねたとすれば、それを「美し」とうたう開き直りは、いっそ潔い。しづ子は実際に親きょうだいと縁を切っていた。

やがてしづ子は、ケリー・クラッケという黒人兵と恋仲になる。一軒家を借り、そこに彼が通ってくる暮らしが始まったが、まもなく彼の所属部隊は朝鮮戦争に動員される。昭和二六年六月のことである。

八月に帰還するが、三カ月に満たない戦場体験で、ケリーは麻薬中毒になっていた。

一瞬や麻薬に狎《な》れし眼と認む

看とること暁およぶ水中花

ケリーは母国に帰ることになった。二人の間には結婚の話も出たようで、未発表句の中に、〈黒人の妻たるべきか蚊遣火墜つ〉がある。しかし結局しづ子は結婚を選ばず、横浜港でケリーを見送った。

霧暁けの人去らしむる埠頭かな

吾が名呼はば洋上の霧うすらぐべし

岐阜に戻ったしづ子は、二人で暮らした家でケリーをなつかしむ。

この焜炉買うて帰りぬこもごも持ち

傲然と雪墜るケリーとなら死ねる

ここに引いたケリーに関するしづ子の句はすべて、松村巨湫が保管していた大量の未発表句の中にあったものだ。作品としての質は高いとはいえないが、膨大な句を読んでいくと、まるで日記のようにしづ子の人生が綴られていることがわかる。発表を前提とせず、評価も求めず、吐き出すようにひたすら書いて、しづ子は信頼する師に送り続けたのだ。

ケリーが帰国してから約四カ月後の昭和二七年一月二日、巨湫のもとに、一〇〇句をこえる句がしづ子から届いた。

霧五千海里ケリー・クラツケへだたり死す

急死なりと母なるひとの書乾く

アメリカからケリーの訃報が届いたのだ。婚約者を亡くして七年、しづ子はふたたび愛する人を失った。

ケリーの死因はわからないが、その後の句から判断すると、母親から遺品や墓の写真などが届き、旅費を送るからアメリカへ来ないかという申し出もあったようだ。ケリーがしづ子のことを真剣に考えており、家族にも話していたことがわかる。

この年の一月、二冊目の句集『指環』が刊行されたが、これはしづ子の意志によるものではなかった。師である巨湫が計画し、選句から刊行まですべてを行ったのだ。しづ子によるあとがきも、巨湫が彼女の手紙から抜粋して組み合わせ、文章にしたものだという。

その出版記念会を最後に、しづ子は姿を消す。巨湫宛ての句稿は九月まで送られてきたが、それも途絶え、以後すべての消息を絶った。

自殺したのではないかと取り沙汰されたのは、残された句の中に〈薊吹き死期が近づく筆の冴え〉〈みづいろのセーターなどを遺品とす〉など、死を思わせるものがあったからだ。はたしてしづ子は死んだのか。それとも句作から遠ざかって、その後もどこかで生きていたのか。あるいはケリーの母の誘いに応じてアメリカに渡ったのか――。

しづ子の消息に関する確度の高い情報は、今に至るまで一切ない。

七

梶井基次郎――夭折作家の恋

死の前年の基次郎（1931年）

（一）宇野千代をめぐる〝決闘〟

梶井基次郎と尾崎士郎が、宇野千代をめぐって〝決闘〟したという噂が流れたのは、昭和三（一九二八）年一月のことである。

尾崎が梶井に「手袋を脱げ！」と叫んで手を振り上げた。いや手袋ではなく「足袋を脱げ」と言った（喧嘩《けんか》のとき尾崎は足袋を脱ぐ癖があった）。尾崎がナイフを投げつけ、梶井が危うくかわした――。まことしやかなディテールつきで話は広まった。

このとき尾崎と千代は結婚しており、それぞれ二九歳と三〇歳、すでに作家として世に出ていた。一方、二六歳の梶井は東京帝大の学生で、のちに高い評価を受けることになる「檸檬《れもん》」など、いくつかの短編を同人誌に発表していたが、まだ無名の存在だった。

川端康成が「青い淵の底に凍りついた物質のよう」と評した珠玉の作品群を残し、結核のため三一歳で死んだ梶井基次郎。繰り返し映像化され、任侠《にんきょう》ブームを巻き起こした「人生劇場」の作者で、本人も磊落《らいらく》な親分肌だった尾崎士郎。対照的な二人の作家が、一人の女を取り合った。その女というのが、華麗な男性遍歴で知られ、八〇代で書いた自伝『生きて行く私』がベストセラーになった、あの宇野千代だというのだ。

意外な取り合わせに思えるが、梶井基次郎が宇野千代に恋をしていたというのは、大正・昭和の文壇史においては有名な話である。同時代の作家の間で話題になったせいもあるが、何より、尾崎と千代が小説やエッセイで何度も梶井のことを書いているのだ。噂になった〝決闘〟についても、尾崎は翌年さっそく「悲劇を探す男」という小説にしている。

〈「お――」と、わたしは低く叫んで立ちあがつた。胸の底で何か一つの堅い殻がぱちん！とはぢけるやうな音を聞きながらわたしは右手に握りしめた煙草を火のついたまゝふりかざして、一気に彼の面上に敲きつけた。燃えさしの煙草は彼の額に当つて、テーブルの上に落ちた。彼は、しかし、冷やかな手つきで、今、眼の前に落ちた煙草をつまみあげた〉〈すると、彼は視線をわたしの顔から離して、ぢつと考へこむやうに眼を瞑《と》ぢた。しかし、すぐに猛然として立ちあがつた。／「よし、やらう。――さあ来い！」〉

周囲が止めに入り、妻は「わたし」の右手を押さえて動けなくする。すると「わたし」は妻の肩をつきとばし、貴様におれをとめる資格があるかと叫ぶのだ。

この場面には尾崎の創作が入っていると言われるが、尾崎はこのときから二〇年以上たった昭和二六（一九五一）年のエッセイ「文学的青春伝」の中でも、ほぼ同じ描写をしている。

この騒ぎが起こった当時、尾崎と千代は、東京郊外の馬込村に住んでいた。現在の大田区馬込のあたりで、大正の末から昭和初期にかけて多くの作家や詩人、画家などが住み着き、のちに馬込文士村と呼ばれるようになったところである。

その中心にいたのが、最初に移り住んできた尾崎と千代の夫婦で、その後、広津和郎、萩原朔太郎、室生犀星、北原白秋などが居を構え、また川端康成、三好達治、稲垣足穂なども一時期この地で暮らしている。

馬込村は一つの共同体のようなもので、住人たちはしょっちゅう集まっては酒を飲んで騒ぎ、恋愛沙汰や喧嘩騒ぎもしばしばだった。麻雀やダンスなど新しい風俗はいち早くここで流行した。尾崎と梶井の対決があったのも、詩人の衣巻省三の家で開かれたダンスパーティの場である。

梶井は馬込村の住人ではなく、当時は結核の療養のため、伊豆の湯ケ島に長期滞在していた。湯ケ島には川端康成も滞在しており、前年の夏、尾崎と千代が川端のところに遊びに来た。そのときに梶井は二人と知り合い、年上の人妻である千代に恋をするのである。尾崎ともめたのは、正月に上京して馬込村の萩原朔太郎の家に泊まっていたときだった。

尾崎は「文学的青春伝」の中で、梶井との喧嘩について〈その晩を一つの境として私の家庭生活は崩壊した〉と書いている。だが、梶井と千代は本当に、尾崎に別離を決意させるほどの関係だったのだろうか。

千代は晩年、瀬戸内寂聴のインタビューに答えてこう言っている。

「何もないの。私は面くいでしょ。あの人は男の中の一番面くわずなの（笑）。だから私が惚《ほ》れるはずがないのよ」（「おとこと文学と」）

しかし、二人の出会いから別れまでをたどってみると、千代の側にも梶井への深い思いがあったことがわかる。梶井は、恋多き女だった千代が、他の男たちとはまったく違う愛し方をした相手だったと思えてくるのである。

（二）醜男の純情

面食いの私が、梶井基次郎に惚れるはずはない――晩年のインタビューでそう言った宇野千代。思わず梶井に同情したくなる残酷な言葉だが、正直な彼女は、美男が好きなことを公言していた。

千代には複数の結婚歴がある。作家になってからは、尾崎士郎、東郷青児、北原武夫の三人と暮らしているが、彼らはみな美しい男だった。

尾崎士郎のことは、生活を共にしながらその一挙手一投足に見惚れることがあったというし、北原武夫については、映画館に行ってもスクリーンは見ずに北原の横顔だけを見ていたと書いている。

それに対し、残っている写真を見ると、梶井はたしかにいかつい容貌である。伊藤整は「文学的青春伝」の中で、初対面のときの梶井を、〈色の真黒な（日光浴のせゐらしい）目が細く長い、顔が岩のやうに大きく荒々しい、ハトムネな位胸の張つた二十八九歳の男〉と描写している。

荒々しい外見とはうらはらに、梶井は美しいものを愛することは人一倍だった。京都の旧制第三高等学校時代からの友人で、同人誌「青空」をともに創刊した中谷孝雄によれば、丸善に立ち寄ると、仲間が文学書の棚しか見ないのに対し、梶井はセザンヌやゴッホ、ルノアールなどの画集を棚から抜き出しては、そこが売り場だということを忘れたように没入して見ていたという。輸入ものの万年筆やナイフ、鉛筆、香水などを丹念に見て回ることもあった（「檸檬」の読者なら、なるほどと頷《うなず》くことだろう）。音楽にも造詣が深く、楽譜が読めて歌もうまかったという。

この三高時代には、講義をさぼり、酔って暴れるなどの放蕩もしたが、それはどうしようもない寂寥《せきりよう》感ゆえだった。梶井が当時、中谷に書いた手紙には「……一人はとても淋《さび》しいので困ります。下らない友達の家へゆくにも淋しくて走り出します、街をあるくにも手をつないでくれと云つて手をつないだりします」とある。伊藤整は先に引いた「文学的青春伝」で、〈梶井には幼児のやうなタマシイがそのイカツイ、しかも結核に蝕《むしば》まれた身体から流れる趣があつた〉と書いている。

繊細さゆえか、梶井は他人の気持ちに敏感で、独特のやさしさがあった。梶井の友人で詩人

世田谷の自宅の宇野千代（1931年頃）
日本近代文学館提供

の北川冬彦と暮らしていた仲町貞子が、こんな回想をしている。

あるとき電話をかける用事があり、近辺の地理が分からないので公衆電話までついてきてほしいと北川に頼んだが、彼は嫌そうにぐずぐずしている。すると、家に遊びに来ていた梶井が連れていってくれた。このとき梶井は三九度の熱があって横になっていたが、すぐに立ちあがって公衆電話まで案内しただけでなく、電話帳で番号を調べ、さらに向かいの煙草屋で金をくずして渡してくれたそうだ。

別の日、質屋で予想より一〇円多く貸してもらえた貞子は、金が天から降ってきたような気分になり、果物と菓子を五円ぶん買って円タクで帰宅した。北川は世間知らずな貞子に怒り、果物を二種類も買ってきてはそれぞれの味がわからなくなると叱りつけた。すると傍らにいた梶井が「君は喰わんでもよし」と言って、片手に巴旦杏《はたんきょう》（スモモ）、片手に梨を鷲摑《わしづか》みにして交互にむさぼり食ってみせた。これには北川も思わず笑い出したという。

洗濯する貞子に糊の作り方をていねいに教えたこともあったといい、女性にやさしかった梶井だが、恋愛には臆病だった。好きな相手がいても告白したことはなく、千代との恋愛が取り沙汰されたとき、友人たちは、最初はきっと千代のほうから働きかけたのだろうと推測したという。

梶井と千代が知り合ったのは、昭和二（一九二七）年七月である。この年の正月から梶井は伊豆湯ケ島で療養していた。初対面の印象を、千代はこう回想している。

〈梶井基次郎に出会ったのは、湯ヶ島の路上でした。川端の紹介であったかと思ひます。始めて会った梶井は、骨っぽい印象の、精悍《せいかん》な若者でした〉〈「よく、墓次郎と間違へて書く奴があるんです。」話し出すと、眼を細くして笑ふのが癖でしたが、自分の名前が、さう言ふ不吉な文字と間違へられることにも、梶井は平気だったのかと思ひます。結核だと言っても、まだそれほどに悪くなかった頃のことでした〉（『私の文学的回想記』）

中谷孝雄が、短命だった親友への哀惜を込めて、〈梶井の生涯に於《お》けるそれが唯一度の厳粛な恋愛だつたと信じて疑はない〉（『梶井基次郎』）と書いた、ひそやかで激しい恋の始まりだった。

（三）危ういほど烈しい情熱

梶井基次郎が宇野千代と伊豆湯ケ島で知り合った昭和二年、千代と尾崎士郎の夫婦仲は冷めかけていた。尾崎はこの年の九月、自分と千代をモデルにした小説「河鹿」を発表しているが、その冒頭には、〈川ぞいの温泉宿の離室《はなれ》に泊っている緒方新樹夫婦はすっかり疲れてしまった。彼等はお互いの生活の中から吸いとれるかぎりのものを吸いとってしまっていた。愛することにも、憎むことにも彼等にとっては最早《もはや》何の新しさも残っていなかった〉とある。

この〈川ぞいの温泉宿〉とは湯ケ島の湯本館で、川端康成が「伊豆の踊子」を書いたこの旅館を、尾崎夫妻は湯ケ島での常宿にしていた。当時の湯ケ島は旅館が数軒しかない山あいの温泉地で、川端康成がここを気に入って逗留《とうりゅう》していたことから、作家たちが集まるようになっていた。

尾崎が帰京した後も湯本館に残っていた千代のもとを、梶井は頻繁に訪れた。夜遅くまで話し込んで帰らないため、仲居たちは、逆さにした箒《ほうき》を物陰に立てたりしていたという。客が早く帰るようにというまじないである。

〈梶井はそれを知らなかったのか、知ってゐても平気だったのか、恐らく後者であっただらうと思ひます。人の事には気の付かない振りをして、しかし、何でも知ってゐたに違ひなかったのです〉(『私の文学的回想記』)

梶井が逗留していたのは、湯本館から渓流に沿って一五分ほど上流に歩いた湯川屋という旅館だった。遊びに行った千代は、ほとんど荷物のないその部屋で意外なものを見る。ウビガンの香水である。ウビガンはマリー・アントワネットやナポレオンも愛用していたというフランスの高級香水メーカーだ。

〈梶井がウビガンの香水を持っている。それがどんなに、人の眼にはあり得べくもないことのように思われたとしても、私には、いかにも梶井が持っているらしいもの、と思われた。梶井は肺結核の第三期である。而《しか》も見るからに無骨《ぶこつ》な風貌をした、浮世の凡《あら》ゆる風流を、拒否したように見えたのに、真の気持ちはその逆である。内心ひそかに乞い願っているもの、その乞い願っているもののために、用意して、そんなものを身につけていたのか。この梶井の切っ端詰まった悲愴《ひそう》な思いが、私には眼に見えるように分かるのであった〉(『生きて行く私』)

梶井は友人の新婚家庭をよく訪問した。かれらの幸福を見るのが好きだったからだが、同じその幸福を、結核を病む自分が手に入れることができるとは思っていなかった。梶井は遊郭に上がったことはあっても恋人を持ったことはなく、友人の野村吉之助によれば、女性に対しては〈恐ろしく礼儀正しいつつましい姿勢と心とを持っていた〉という(「回想　梶井基次郎」)。

そんな梶井の中に、美に焦がれ、女性の愛を求める烈しい思いがひそんでいることを、千代は見抜いたのだった。

ある日のこと、作家仲間で散歩をしていて、川の流れの激しいところを通りかかったとき、誰かが「こんなに瀬の強いところでは、とても泳げないなァ」と言った。すると梶井が「泳げますよ、泳いで見ましょうか」と言うが早いか、さっと着物を脱いで飛び込んだ。〈この人は危い、と私が思った最初でした〉と、千代は『私の文学的回想記』の中で書いている。

それからまもなくして、天城峠を越えると言って出かけたきり梶井が帰らず、村中で探したことがあった。数日して何事もなかったような顔で帰ってきた梶井は、どこで何をしていたのか語らずじまいだったという。

このふたつのエピソードを千代は回想記や小説で繰り返し取り上げていて、私が読んだだけでも、それは五回に上る。そのうち最後に書かれたのは、ちくま文庫版『梶井基次郎全集』に寄せた「あの梶井基次郎の笑ひ声」で、八六歳になって書いたこの文章で、彼女は初めて、梶井がなぜそんなことをしたのかに言及している。

川に飛び込んだのは、〈一行の中にゐたただ一人の人間である私に、或《あ》る感情を持たせたいため〉であり、急にいなくなったのは、〈梶井の奇行によつて心を傷めるであらう、ただ一人の人間である私を目当てに、そんなこととしたのだ〉という。これは千代のうぬぼれではなかったろう。

梶井は千代に対し、一度も自分の思いを言葉にしなかったという。切ないほどの思いを、こうした行動で現すことしかできなかったのだ。ためらいなく急流に飛び込んだ梶井を千代が〈この人は危い〉と思ったのは、その行為の無謀さに対してではなく、梶井が押し殺してきた情熱の烈しさに対してだったに違いない。

(四) 消し去られた二人の思い

〈桜の樹の下には屍体が埋まっている！〉

梶井基次郎の読者なら、桜が咲く季節になると、この一文を思い起こすのではないだろうか。〈俺はあの美しさが信じられないので、この二三日不安だった。しかしいま、やっとわかると

きが来た。桜の樹の下には屍体が埋まっている。これは信じていいことだ〉〈「桜の樹の下には」〉

咲き誇る花の美しさは生殖のエネルギーそのものである。それが屍体に由来するというイメージは、若さの絶頂にありながら死の予感に捉えられていた梶井ならではのものだ。

腐乱して蛆のわいた屍体。しかしそこから流れ出る液体は水晶のように美しい。根から吸い上げられたそれは、〈静かな行列を作って、維管束のなかを夢のようにあがってゆく〉のである。

美に対する不安と憧れが結晶したこの短い散文を、梶井は伊豆湯ケ島で書いたといわれている。宇野千代と出会った前後の時期だ。

梶井は生涯で二〇編あまりの短編しか残さなかったが、それらはいま読んでも少しも古さを感じさせない。無名だった彼の才能を見抜き、それまでの日本文学にない新しさにいち早く注目したのが千代である。彼女は梶井を語るとき、必ずといっていいほど「尊敬」という言葉を使った。

『評伝　梶井基次郎』を書いた大谷晃一は、梶井との関係について千代に直接尋ねているが、彼女はこのときも「お互いに好きだったけれども、自分はあの人を尊敬していたのだ」と答えている。何とも微妙な言い方で、多くの男性との関係についてあけすけに語った千代が、梶井とのことだけは最後まで曖昧なままにしている。

〈私は梶井を尊敬してゐたのでせうか。或《ある》ひは梶井を恋ひしてゐたのでせうか。さうとは自分でも気が付かずに、梶井に対して、恋ひしてゐるものしか持たない心持を持ってゐて、自分では夢にもさうとは思はないのに、周囲にゐる人たちが、はっきりさうと決めてゐた、さう言ふ状態だったのでせうか〉

『私の文学的回想記』から引いた文章だが、このあとに、あるエピソードが紹介されている。東京の馬込に帰っていた千代に、湯ケ島の梶井から、そちらに遊びに行きたいと手紙が来る。読むなり千代は駆け出し、「梶井さんが来ると言って来ました」とふれ歩いたという。

〈梶井が馬込へ来ると言ふことは、私にとって、確かに嬉しいことでした。しかし、私がそれをふれ歩いた家の人々まで、私と同じやうに、それを嬉しいことと思ってゐたでせうか。そのときの私には、それさへ客観出来ないほど、何か逆上《のぼ》せた感情があったと言ふのでせうか〉

「……でせうか」との疑問形の繰り返しは、自分でも自分の気持ちがわからないということなのだろうか。いや、千代に限ってそのようなことはないはずだ。ではなぜこのような書き方をしたのか。

妻帯せず、恋人も持たず、女性との交情を小説に書くこともないまま、独特の世界を作り上げて早世した梶井。千代は彼の経歴を自分との色恋沙汰で汚すことなく、無垢なまま守りたかったのではないだろうか。他の男たちに対するのとは別種の愛情がそこにはあったように思える。

梶井は千代に大量の手紙を書いているが、千代はそれらをすべて捨てたとしている。もともと誰からの手紙も残しておかない習慣なのだと説明しているが、配慮して彼の恋の痕跡を消し去ったという見方もできる。

晩年の千代が梶井とのことを聞かれ、面食いの自分が梶井に惚れるはずがないと言った話を紹介したが、それも一種の韜晦《とうかい》だったかもしれない。千代が泊まっていた湯ケ島の宿の部屋に、屋根を伝って窓から出入りする梶井の姿を見たという人もおり、二人が本当はどのような関係にあったのかは、いまも分からないままなのである。

湯ケ島での日々が過ぎ、千代は尾崎と離婚、梶井は結核が悪化して大阪の実家に帰った。昭和四(一九二九)年秋、小説の取材のため関西に滞在していた千代のもとを、梶井は何度か訪ねている。

最後に会ったとき、梶井は千代に「僕の病気が悪くなって、もし、死ぬようなことがあったら、僕の家に来てくれますか」と言ったという。千代が「ええ、行きますとも」と答えると、「そして、僕の手を握ってくれますか」と重ねて梶井は言った。千代は「ええ、握ってあげますとも」と答えた。

だが重篤な状態になっても、梶井が千代に連絡することはなかった。昭和七(一九三二)年三月、母親に看《み》とられて死去。三一歳だった。

梶井の死を千代に知らせる者はなく、千代はずっと後になってからそれを知ったという。

八

中城ふみ子 ―― 恋と死のうた

晩年のふみ子（昭和29年）：中井英夫氏旧蔵

(一) 文豪を魅了した苦悶の美

川端康成の小説「眠れる美女」の冒頭近くに、こんな一節がある。

〈若くて癌《がん》で死んだ女の歌読みの歌に、眠れぬ夜、その人に「夜が用意してくれるもの、蟇《がま》、黒犬、水死人のたぐい」というのがあったのを、江口はおぼえると忘れられないほどだった〉

この「女の歌読み」とは中城《なかじょう》ふみ子である。文中に引かれた歌を正確に記せば、

不眠のわれに夜が用意しくるるもの　蟇・黒犬・水死人のたぐひ

となる。

「眠れる美女」は、老人を顧客とする秘密の宿――睡眠薬で眠っている若い娘と共寝をさせる――を六七歳の江口が訪れる話だ。普段から不眠気味の江口は、宿での最初の晩にこの歌を思い出し、隣の部屋で眠っているのは「水死人のたぐい」のような娘なのではないかと想像する

のである。

中城ふみ子は「眠れる美女」が書かれる六年前の昭和二九（一九五四）年八月、乳癌のため三一歳で亡くなっている。その最晩年、彼女は川端とつかのまの縁をもった。

ある日、川端のもとに未知のふみ子から「花の原型」と題した歌稿が届く。ふみ子の死の五ヶ月ほど前のことである。

住所は札幌医大附属病院の放射線科病棟で、添えてあった手紙には、乳癌で余命いくばくもないこと、死ぬ前に歌集を出したく、そこに川端の序文がほしいことが書かれていた。歌稿を読んだ川端は、角川書店の雑誌「短歌」にそれを推挙する。

別の作品で雑誌「短歌研究」の新人五〇首詠に応募していたふみ子が特選に決まったのは、ちょうどその頃である。選をした「短歌研究」編集長の中井英夫は、「乳房喪失」のタイトルでふみ子の作品を掲載した。


唇を捺《お》されて乳房熱かりき癌は嘲《わら》ふがにひそかに成さる

メスのもとあばかれてゆく過去がありわが胎児らは闇に蹴り合ふ

乳房を失ってなお止むことのない恋情と官能をドラマチックに詠った歌はセンセーションを

巻き起こした。ふみ子は毀誉褒貶にさらされたが、二カ月後、「短歌」に「花の原型」五一首が川端の推薦文を付して発表されると、あからさまな非難は減っていく。

川端は推薦文の中で、ふみ子の歌が心にひびいたことを述べ、〈いづれは近く死ぬ人であらう。自分でもそれを知つてゐる〉と書いている。

ふみ子の生前唯一の歌集『乳房喪失』の序文にも使われたこの推薦文の生原稿は、ふみ子の故郷である帯広市図書館に保管されている。一字一字を枡目に刻みつけるような、独特の癖のある文字。〈私の原稿は御用ずみの上は、中城ふみ子さんに送ってあげて下さい〉との添え書きに従い、この原稿は実際にふみ子のもとに届けられている。

しかしふみ子は、川端のこの文章を喜ばなかった。

川端は、ふみ子が夫との離別や癌の苦しみを打ち明けて序文を懇請した手紙から長々と引用している。一方で作品そのものにはほとんど触れておらず、死にゆく者への同情からふみ子の歌を推したように読めなくもない。

すでに妖婦のように言われていたふみ子は、若い女であることと病とを武器に、文壇の重鎮の序文を得たと思われたくなかったのだろう。

鮮烈なデビューから四カ月、処女歌集刊行からはわずか一カ月でふみ子の命は尽き、川端とふみ子は一度も会うことがなかった。

川端はなぜ、ふみ子の序文を引き受け、歌稿を「短歌」編集部に持ち込むことまでしたのだろうか。ふみ子を世に出した中井英夫は、川端がふみ子をどう見ていたかについて、後年、三島由紀夫と語り合ったことを、昭和五一（一九七六）年刊行の『定本中城ふみ子歌集』の跋文《ばつぶん》に書いている。

川端が序文を寄せるのは、決定的な不幸や逃れられない運命に確実に落ちた者にだけで、「苦悶する美」だけが大事だったのではないか、と言うと、三島は、そんなこと作家だったら当たり前じゃないかと答えたという。

しかしその後、ふみ子の歌が引かれた「眠れる美女」を読み返した中井は、川端がふみ子に見ていたものはただの残酷の美学ではなく、もっと自分に引きつけた「死」そのものだったのではないかと思うに至る。

〈癌であれ自決であれ、すでにのっぴきならぬものの掌に摑まえられてしまった自覚――それなしにこの三人の持つ〝美〟を理解することは難く、生者とはあまりにもその圏外にいすぎる輩《やから》だ〉

たしかに晩年のふみ子は、半身をすでに死の側に置いているような歌を詠んでいる。

死後のわれは身かろくどこへも現れむたとへばきみの肩にも乗りて

こうした歌を平気で詠む女を前にしては、男は身動きが取れまい。ふみ子は最期まで恋と官能を捨てず、死に至る数カ月、男たちを翻弄することになるのである。

(二) モラル捨てた不敵な情熱

大楡《おほにれ》の新しき葉を風揉めりわれは憎まれて熾烈に生たし

中城ふみ子は、大正一一(一九二二)年、北海道帯広市で生まれた。帯広は広大な十勝の原野を切り拓《ひら》いて作られた街である。

北の大地では楡は大木に育つ。十勝平野をゆくと、平原の中にただ一本、枝を広げて立つ大楡に出会うことがある。裸木となる冬のシルエットは孤独そのものだが、初夏になると、命のゆたかさを見せつけるように、葉をいっぱいに繁らせる。

孤立を誇るかのようなその姿は、旧弊な倫理を否定し、内面の声のまま一途《いちず》に生きた、ふみ子自身を思わせる。

ふみ子は裕福な環境で両親の愛情を享受して育った。帯広高等女学校を卒業後、東京家政学院に進学。ここでふみ子を教えた国文学者の池田亀鑑《きかん》は、後にふみ子に宛てた手紙に「あなたの不羈《ふき》奔放な御性分には、家政学院の先生方も手を焼いてゐましたが、私は、その清純なお気

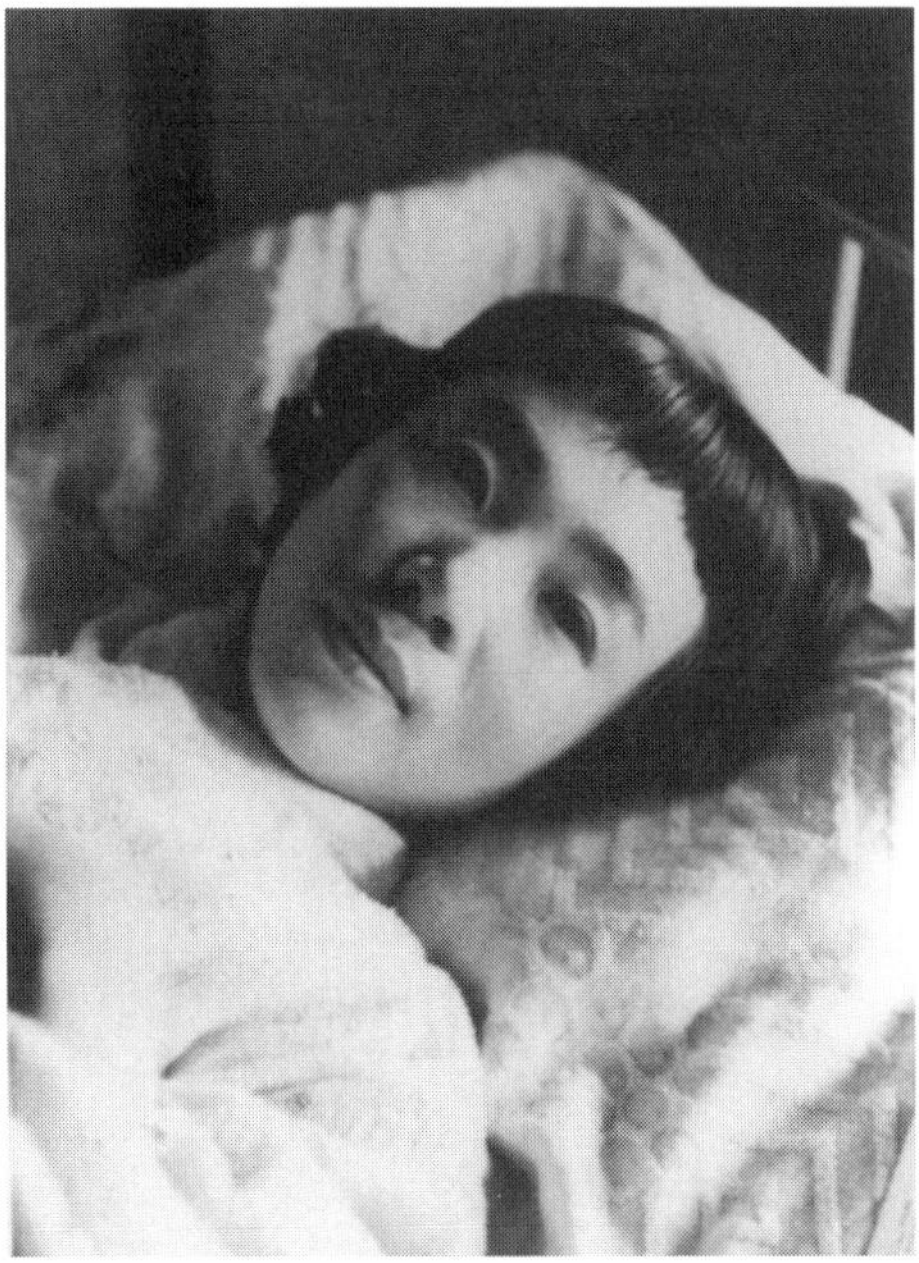

病床のふみ子：市立小樽文学館提供

持ちを美しいものに思つてゐました」と書いている。

東京家政学院を卒業したふみ子は帯広に戻り、両親の勧めで鉄道省に勤務するエリート技師と見合い結婚する。昭和一七（一九四二）年、一九歳のときである。

終戦後、夫は収賄に関与して左遷され、以後、生活が荒れていく。女性問題も重なり、ふみ子は別居に踏み切った。本格的に歌を作り始めたのは、夫との不和が決定的になった頃である。三人の子供たちとともに実家で暮らすようになってからは、地元の歌誌に参加して作歌に打ち込むようになる。

そんなときに出会ったのが、結核を病む同い年の歌人、大森卓だった。肺の手術後の身体にむち打ち、歌誌「山脈」の創刊に情熱を傾ける大森にふみ子はひかれていく。大森には妻があったが、ふみ子は「山脈」の創刊号に、

生涯に二人得がたき君故にわが恋心恐れ気もなし

などの恋歌を発表して波紋を呼んだ。

しかしあるとき、見舞いに行った病室で大森の結婚前の恋人と鉢合わせしたことをきっかけに、自分から別離を決める。

ふみ子と大森の仲が実際にどの程度のものだったかはわからないが、余命の短さを知りつつ

歌にすべてを賭けた大森の生き方が、乳癌を発症した後のふみ子に影響を与えたことは間違いない。

昭和二六（一九五一）年九月、大森は死去する。「山脈」の追悼号に、ふみ子は挽歌を寄せた。

たれのものにもあらざる君が黒き喪のけふよりなほも奪ひ合ふべし

妻、かつての恋人、そして自分。死んで誰のものでもなくなった男を、女たちはなお奪い合う。同じ歌誌に所属する仲間の死をこのように詠み、かつそれを公開した歌人がいるだろうか。このとき発表しなかった一首を、ふみ子は後に歌集『乳房喪失』に収録している。

衆視のなかはばかりもなく嗚咽《をえつ》して君の妻が不幸を見せびらかせり

妻の座にある人への敵意もあらわな詠みぶりは、自分自身の毒をもさらけ出していて、いっそ痛快である。大森との恋と死別をきっかけに、ふみ子は通俗的なモラルを捨て、不敵ともいえる情熱に生きるようになる。

大森の死後まもなく夫との離婚が成立し、ふみ子は家族に告げず一人上京する。タイピストの学校に通って手に職をつけるのが目的だった。しかし戦後の大都会の喧噪《けんそう》の中でもみくちゃにされ、手持ちの金はすぐに尽きた。

ひしめきて位置を争ふ東京にわが足立つる空地はなきか

汚れたる花粉の如く運ばるるわれか終電車を濡らしゆく雨

ひと月もたたないうちに、ふみ子は母親によって帯広に連れ戻される。シングルマザーの自立の夢は破れた。ふみ子が乳癌の診断を受けるのは、それからわずか三カ月後のことである。そのときふみ子には新しい恋人がいた。女学校時代の同級生の弟で、七歳年下の青年である。子供をつれて出戻ってきた女の恋に世間の目は冷たく、ふみ子は、

陽にすきて流らふ雲は春近し噂の我は「やすやす堕《お》つ」と

という歌を作っている。

昭和二七（一九五二）年四月に左乳房の切除手術を受けてからも交際は続き、ふたりは結婚を考えるようになる。乳房を失ってなお、この時期のふみ子の恋歌は華麗でのびやかだ。

背のびして唇づけ返す春の夜のこころはあはれみづみづとして

音たかく夜空に花火うち開きわれは隈《くま》なく奪はれてゐる

しかし半年後、癌が右乳房に転移していることが判明する。死を意識したふみ子は、青年の将来を思い、別れを決意した。

(三)「火中に入る」生き方選ぶ

帯広市の中心部に位置する緑ヶ丘公園の一角に、中城ふみ子の歌碑がある。

母を軸に子の駆けめぐる原の昼木の芽は近き林より匂ふ

かつて十勝監獄があったという広大な敷地には、エゾリスやアカゲラのいる林があり、芝生の広場では子供たちが走り回っている。ふみ子もここで自分の子供を遊ばせたことがあったのだろうか。

一九歳で嫁いだふみ子は、二八歳で離婚するまでに四人の子供を産んでいる。次男は生後三カ月で病死し、実家に戻ったときは長男、長女、三男の三人を連れていた。ふみ子が死去したとき八歳だった長女は、後に取材に応えて「料理も裁縫も上手で家庭的な、けして大声で叱ったりしない、やさしい母でした」と語っている（小川太郎による評伝『聞かせてよ愛の言葉を』）。

春のめだか雛《ひな》の足あと山椒《さんせう》の実それらのものの一つかわが子

こうした歌からは、わが子をいとおしむ、ごく普通の母親としてのふみ子の顔が見える。だが一方で、女としての自分を偽らずに生きたい思いも止めがたかった。

ふみ子の結婚は昭和一七（一九四二）年、太平洋戦争開戦の翌年である。若い男性が次々に出征していく中、当時の親の多くが娘に結婚を急がせた。不安定な世情の中、ふみ子の両親は、安定と将来性を考えて北大出身のエリート技師に嫁がせたのだった。

ふみ子は結婚に乗り気ではなかった。実は結婚前に一度、親の決めた相手である歯科医の男性との婚約を破棄している。東京での生活に心を残しており、童話を書きたい、芝居をしたいという夢もあった。また「お兄様」と呼んで思いを寄せた大学生もいた。しかし、戦時下にあって「世間並み」を外れることは、まだ一〇代のふみ子にはできなかった。

結婚後のふみ子は、それでもよい妻になろうと努力したようだ。『聞かせてよ愛の言葉を』によれば、最初の子供を身ごもった頃に友人に宛てた手紙に、

一坪の台所こそ愛しけれ妻の世界をこゝと思へば

の一首があるという。しかし夫は外に女性を作り、結婚生活は破綻した。ひとりの女として自由に人を愛することができるようになったのは、戦争が終わり、夫と別れてからのことだ。

昭和二二（一九四七）年のベストセラー『斜陽』で、太宰治描くヒロインかず子が「恋と革命のために生まれてきた」と高らかに宣言したように、戦後の混乱の中から旧弊な道徳を打ち破る新しい女性像が生まれようとしていた。しかしそのときふみ子は、二〇代にしてすでに三人の子の母だった。

ようやくやってきた恋愛の季節を母として迎えざるを得なかったのは、青春を戦争の中で過ごした、ふみ子の世代ならではの悲劇といえる。夫を戦争で失った若い母親を含め、似た境遇の女性の多くは恋愛を諦め、世間の常識に従って生きたが、ふみ子はそうした道を選ばなかった。

子を抱きて涙ぐむとも何物かが母を常凡に生かせてくれぬ

ふみ子にとって、恋に生きることはすなわち文学に生きることだったが、そのどちらもが、よき母親であることに背く行為と見なされた。現在も残る、母たるものは〈常凡に〉生きねばならないという圧力に、ふみ子は全身で抗《あらが》った。生前唯一の歌集『乳房喪失』のあとがきにはこうある。

〈内部のこゑに忠実であらうとするあまり、世の常の母らしくなかつた母が子らへの弁解かも知れないが、臆病に守られる平穏よりも火中に入つて傷を負ふ生き方を選んだ母が間違ひであつたとも不幸であつたとも言へないと思ふ〉

右乳房への癌の転移で二度目の手術を受けた後、今度は皮膚への転移が認められ、ふみ子は帯広を離れて札幌医科大学附属病院放射線科に入院した。まもなく肺への転移もわかり、避けられない死を悟ったふみ子は、ありのままの自分の姿を歌によって子供たちに残そうと考えるようになる。

遺産なき母が唯一のものとして残しゆく「死」を子らは受取れ

昭和二九（一九五四）年一月の入院から八月に逝去するまでの七カ月間、ふみ子は迫りくる死と対峙しつつ、衰弱していく身体で多くの秀歌を詠んだ。「短歌研究」の新人五〇首詠に応募したのも、川端康成に歌集の序文を懇請する手紙を書いたのも、処女歌集の推敲《すいこう》をしたのも病床からである。

熱たかき夜半に想へばかの日見し麒麟《きりん》の舌は何か黒かりき

灯を消してしのびやかに隣に来るものを快楽《けらく》の如くに今は狎《な》らしつ

死に近づくほどにふみ子の目は透徹した鋭さを備え、言葉はふくらみを増していった。それは奇跡のような晩年の日々だった。

(四) 喪失感を「美」で埋めた世代

函館本線の小樽〜札幌間では、海岸線ぎりぎりを列車が走る。場所によっては足もとまで波が打ち寄せてくるかと思うほどに、海が近い。

車窓からこの海を見て、中城ふみ子が詠んだ歌がある。

冬の皺よせゐる海よ今少し生きて己れの無惨《むざん》を見むか

札幌医大附属病院放射線科に入院する前月、ふみ子は帯広を離れ、小樽の妹夫婦の家から同科の外来に二週間ほど通った。放射線の照射によって胸の皮膚は黒ずんでいったという。これから自分が見ることになる〈無惨〉を、ふみ子は予感したことだろう。

代表作となったこの歌が小樽の街とふみ子を結びつけた。そしてふみ子の死から四〇年後、市立小樽文学館の学芸員、玉川薫が小さな奇跡を起こす。死の床にあった中井英夫のもとに赴いて交渉し、ふみ子の遺族にも了解をとりつけて、ふみ子の死の直前まで交わされた二人の往復書簡の公開にこぎつけたのだ。

平成六（一九九四）年に開催された中城ふみ子展で初公開された三〇通あまりの往復書簡は、驚きをもって迎えられた。そこには死に至るまでのふみ子の心情だけでなく、後に小説家として名を成す中井の知られざる一面が記されていたのだ。

評論家の菱川善夫は、展示された書簡を見たときのことを〈私が感動したのは、瀕死《ひんし》の白鳥に、生きる勇気と歌う勇気を送りつづけた中井英夫の激しく美しい魂が、ガラスケースの中で炎えたっていたことによる〉と書いている。

「短歌研究」編集長としてふみ子を見出したとき、中井は三一歳。ふみ子と同年齢である。

写実中心の当時の歌壇に不満だった中井は、新しい才能を求めて新人五〇首詠を募集し、みずから選にあたった。中井は生前の文章で、自分の関心はあくまでも作品にあり、彼女の病気や死にはほとんど心を動かされなかったと書いている。しかし遺された手紙からは、菱川が言うところの〈愛としか呼ぶことのできぬ〉ものが確かに見てとれる。

この往復書簡はその後、創元ライブラリ版の『中井英夫全集10　黒衣《くろご》の短歌史』に収められた。先に引いた菱川善夫の文章は、その解説として書かれたものである。

平成二六（二〇一四）年に小樽文学館で開催された「中城ふみ子と中井英夫展」で、二人の往復書簡が二〇年ぶりに展示された。館長はかつて書簡公開のため奔走した玉川である。

このとき、所有者の了承を得て、ふみ子の手紙のすべてを手にとって読むことができた。六〇年の歳月を経ているにもかかわらず、ふみ子の手紙には染みも汚れもなかった。中井は大切に保管していたのだろう。

長文の手紙を送り続けた中井は、ふみ子の体調を慮《おもんぱか》り、返事はいらないと繰り返し書いているが、ふみ子は面会謝絶となってからも返事を書いた。双方とも速達が多いのは、命の期限が迫っているという焦燥のためだろうか。

往復書簡の一通目は、中井からふみ子に宛てた昭和二九年三月二二日付の葉書《はがき》で、応募作が特選になったことを伝えるものだ。その後、病床のふみ子に、中井は新作を催促する。

ふみ子は〈あなたは何て熱心で非情な方でせう〉〈病人は虐げられてやうやく常人の意地をとり戻すのかもしれません〉（四月二三日付）と書きつつ、歌を作り推敲を重ねた。奔放さばかりが強調されるふみ子だが、率直な手紙文からは、文学に対する真摯な思いと、少女のような生真面目さが伝わってくる。

やりとりを重ねるうちに、手紙での会話は親しさと深さを増していった。

ふみ子に〈あなたのやうに感受性の強い方がなぜ作品をお書きにならないのでせう〉（五月一三日付）と問われ、のちにいくつもの幻想小説の傑作を書くことになる中井は〈黒鳥の風切翅が白鳥より純白だといふその深い哀しさについて書きたいのです〉（五月一五日付）と答えている。

中井の手紙はこう続く。

〈僕らが何をなくしたか、そしてそれが何であつたか、たぶん黒鳥だけが知つてゐるやうな気がする。これが僕ら喪はれた世代の貧しい代表作として実るためにはまだまだ十年位かかりさうですが、たぶん永久に未完でせう〉

中井は戦時中、学徒兵として召集され、市ケ谷の陸軍参謀本部に配属されている。終戦のとき二二歳。もっとも戦死率の高かった世代である。刊行された中井の戦中日記を読むと、戦争への怒りと憎悪がいかに深かったかがわかる。

自分を〈喪はれた世代〉と規定する中井は、失くしたものを「美」によって埋めようとする意志において、同年生まれのふみ子に自分と共通するものを見ていたのかもしれない。

このとき中井はすでに〈喪はれた世代〉の〈代表作〉たる小説を書き始めていた。それが「黒鳥譚」として世に出るのは、一五年後のことである。

（五）「神様、中城は短歌を作りました」

昭和二九年六月二七日、札幌医大附属病院に入院中の中城ふみ子のもとに、東京の中井英夫から歌集『乳房喪失』の見本刷りが届く。命あるうちに、ふみ子は自分の歌集を手にすることができたのである。

ふみ子は中井に〈カシウアリガタウホントニアリガタウ〉と電報を打つ。その返信に中井はこう書いている。

〈貴女《あなた》が軽く眼をつむると、広い野つ原があつて、その涯に黒い影がちろちろ踊つてゐる、叫んでゐるのが見えるでせう。生きてゐなくちやいけない！　それが僕〉（六月二八日付）

七月上旬、「短歌研究」編集部に出入りしていた新聞記者・若月彰が、札幌のふみ子を取材に訪れた。二三歳の彼は、数日の滞在のつもりがふみ子と恋に落ち、二〇日間にわたって病室に付き添うことになる。

中井はその若月から、ふみ子が会いたがっているという電報を受け取る。中井はふみ子に〈どんなに僕だつて会ひたいか！〉〈十日以内に必ず行きます〉（七月七日付）と書き送るが、彼女の返事は〈放射能魚のやうに黒くなつてやせてやつれてゐる私は卑下感なしにお目にかゝれさうもありません〉というものだった。そんなふみ子に中井はこう書いている。

〈……色が黒くひからびちやつて、痩せつぽちになつてゐるから未《ま》だ来ちやいけない、といふのは馬鹿げてゐます。だつて僕は仮りに貴女のオデコにもうひとつ眼玉がついてゐたつて、何とも思はない。改めて、告白のやうにいふ必要はないと思ふけれども、いま僕は何の自惚《うぬぼ》れも、何の躊躇もなく　貴女を愛する、といひたい。そして貴女もきつとさういつてくれるでせう〉

（七月一七日付）

何度も長い手紙を書き、ときにはプレヴェールの詩を自分で訳して贈るなどしてふみ子を励ましてきた中井は、ここで初めて愛という言葉を使っている。

手紙はこう続く。

〈けれどもそれは毫《ごう》も地上的な意味を含んではゐない、好いたとか惚れたとか、女臭く男臭い人間達が繰返すあの風習とはかかはりのないことなんです。「全き少年の心を以《もっ》て」、僕は貴女を愛する〉

中井は女性を恋愛対象としない人だった。そのことを、同じ手紙の中で〈ふみ子の直感が見抜いてゐるやうに、このあしながおじさんは、お金持ぢやあないくせしてやつぱり女ぎらひなんです〉と打ち明けている。

恋多き女として知られ、死の床にあっても年下の男性を虜《とりこ》にしたふみ子。〈女ぎらひ〉の中井。ふたりが手紙を通してはぐくんだのは、男女間の恋愛とは別種の、魂の共鳴ともいうべきものだった。

中井へのふみ子の最後の手紙は、七月二〇日に書かれている。市立小樽文学館でその現物を見たとき、痛々しく乱れた鉛筆書きの文字に胸を衝かれた。

便箋は二枚あった。

一枚目は『乳房喪失』の誤植の訂正である。そこに添えられた短い手紙文には〈今日呼吸困難で何も書けません　もうろうとしてます。でもお手紙はどんなに〳〵うれしく読んだでせう。御返事あとでゆつくり書きます　ふみ子〉とある。このときふみ子の容体は急速に悪化していた。

そして二枚目。一枚目を書いた後で思い直して付け加えたのだろう、文章にも筆跡にも、切迫感があふれている。

〈中井さん　来て下さい。きつといらして下さい　その外のことなど　歌だつて何だつて　ふみ子には必要でありません　お会ひしたいのです。ふみ子〉

七月二九日、中井はふみ子のもとに駆けつける。資生堂で見つけた〝ヴィーヴル〟という香水を持っていったのは、和名が〝生きる歓《よろこ》び〟だったからだ。

強心剤の注射で何とかもちこたえていたふみ子だが、中井が着いたとき、意識はしっかりしていたという。枕辺でふみ子と何を語り合ったのか、中井は書き残していない。

八月一日に帰京した中井は、翌日、ふみ子に手紙を書いた。

〈遠くへ行つた僕はいま新しくふみ子の近くにゐます〉〈長いお話は手紙でもいけないでせう。

〈これから毎日、一、二枚づつの手紙を書きます〉

しかしこの手紙を読むことなく、八月三日午前、ふみ子は死去した。

揺すぶりてゆきたるのちに人は来ず悲鳴のごとく風はめぐれり

ふみ子の絶詠《ぜつえい》とされる一首である。

ふたりを結びつけていたのは、短歌という器を常凡ならぬ美で満たそうとする意志であった。

中井はふみ子の没後三〇年目に発表した追悼文「死の朝」で、彼女が癌の苦痛と死の恐怖の中にあってなお歌を作り続けたことに改めて思いを致し、こう書いている。

〈……いま私はこういいたい。――神様、中城は短歌を作りました、と〉

九

寺田寅彦——三人の妻

ベルリン留学中（1910年）：日本近代文学館提供

（一）独りで逝った最初の妻

東京都文京区の小石川植物園は、日本でもっとも古い植物園である。江戸幕府が設けた小石川御薬園がはじまりで、明治時代に東京大学が設立されるとその付属施設となった。一般にも公開されて人気を呼び、泉鏡花「外科室」、北原白秋「植物園小品」、森鷗外「田楽豆腐」などの文学作品にも登場している。

恩賜賞を受けた物理学者であり、漱石門下の文人としても知られる寺田寅彦にも、ここを舞台にした作品がある。明治三八（一九〇五）年の「団栗《どんぐり》」がそれで、肺を病んで早世した最初の妻・夏子との思い出が綴られている。

夏子が喀血《かっけつ》したのは、東京の本郷西片町で暮らしていた明治三三（一九〇〇）年の暮れのことだった。年が明けて二月の暖かい日、寅彦は医者の許可を得て、夏子を植物園につれていく。「団栗」には書かれていないが、実はこのとき、夏子は東京を離れて寺田家のある高知で療養することが決まっていた。感染を怖れた寅彦の父親の指示だった。

久しぶりの外出を妻は喜んだ。当時の寅彦はまだ帝大生で、二二歳と一七歳の若い夫婦である。夏子が高知に移るのは同月の下旬と決まっていた。寅彦はせめて東京でのふたりの思い出を作ろうとしたのだろう。

園内の温室を見学してから池の方へ行くと、母親が男の子と小さい女の子を遊ばせていた。それを見た夏子は「あんな女の子がほしいわねえ」と言う。彼女はこのとき五カ月の身重だった。

出口に向かう途中、夏子は不意に「おや、どんぐりが」と声をあげる。そして、道の脇の落ち葉の中に落ちているどんぐりを、熱心に拾いはじめるのである。

〈ハンケチにいっぱい拾って包んでだいじそうに縛っているから、もうよすかと思うと、今度は「あなたのハンケチも貸してちょうだい」と言う。とうとう余のハンケチにも何合かのどんぐりを満たして「もうよしてよ、帰りましょう」とどこまでもいい気な事をいう〉と無邪気な妻の姿を描写した後、ふいに転調するように、話は数年後へと移る。

〈どんぐりを拾って喜んだ妻も今はない。お墓の土には苔の花がなんべんか咲いた〉

そして、夏子の忘れ形見のおさな児が、かつての母と同じように植物園でどんぐりを拾う姿が描かれる。拾ったどんぐりを父の帽子の中に広げたハンカチに投げ込み、〈頬を赤くしてうれしそうな溶けそうな顔〉をする子に、寅彦は妻の面影を見るのである。

〈……亡妻のあらゆる短所と長所、どんぐりのすきな事も折り鶴のじょうずな事も、なんにも遺伝してさしつかえはないが、始めと終わりの悲惨であった母の運命だけは、この子に繰り返させたくないものだと、しみじみそう思ったのである〉という述懐でこの短編は締めくくられる。寅彦の作品の中でも特に愛されている一編である。

植物園でどんぐりを拾った日から一年九カ月後、夏子は高知で死去した。最愛の妻をひとり寂しく死なせたことは、幼少時から人一倍感受性の強かった寅彦のその後の人生に寂寥《せきりょう》の影を落とす。友人の安倍能成は、寅彦が亡くなったとき、彼のことを「実に寂しい人」「自分の苦患を自分の裏にせき止めて容易にこれを人に分たなかった」と弔辞で述べている。

身重の夏子が寅彦と離れて療養生活を送ったのは、高知市内から小舟で二時間ほどの海辺の村、種崎だった。明治三四（一九〇一）年五月二六日、寅彦のもとに夏子がぶじ女児を出産したとの報せが届く。この日の寅彦の日記には「幸ありて桃の若葉と照り栄へよ」という句が記されている。種崎のあたりは、桃の木の多いところだった。

貞子と名付けられたその子は、生後まもなく寅彦の実家に引き取られる。夏子は自分の手でわが子を育てることも許されなかった。寅彦は六月九日の日記にこう書いている。

〈……又夏よりも手紙来る乳の張るたび此《この》乳を呑ます様ならは如何《いか》に嬉しからんと思ふなど言ひ越せり〉

この年の夏、寅彦は高知に帰省しているが、その間、日記を書いていない。山田一郎『寺田寅彦　妻たちの歳月』（岩波書店）によれば、実家でわが子と対面したが、わずか二時間の場所にいる夏子とはなかなか会えなかった。感染を怖れた父に厳しく止められていたのだ。

寺田家は土佐藩の下級武士の家系で、寅彦はその長男である。父の利正が四〇歳を過ぎてやっと生まれた男子で、幼少時から優秀だったこともあり、期待を一身に受けて育った。結核とはいえまだ寝ついたわけではなく、しかも出産を控えていた夏子をいちはやく隔離したのは、大事な跡継ぎを守るためだった。

夏の終わり、寅彦は肺尖《はいせん》カタルの診断を受ける。大学を休学してそのまま高知で療養することになったが、父の決めた療養先は須崎だった。夫婦は同じ高知にいながら、別々に療養生活を送らなければならなかった。

（二）海を隔てたはかない逢瀬

夏子は美しい人だった。結婚式の日の写真を見ると、黒紋付のすらりとした立ち姿に、大きな目が印象的だ。寅彦の一九歳年長の姉・駒の回想によれば、駒の子供たちは「お夏さんの目が光るからラムプはいらぬ」と言って夏子をからかったという（小林勇編『回想の寺田寅彦』岩波書店）。

寅彦と夏子が高知市内で結婚式を挙げたのは、明治三〇（一八九七）年七月のことである。夏子は松山旅団長を務めていた陸軍少将・阪井重季の長女だった。新郎新婦は満年齢でいえば一八歳と一四歳という若さで、寅彦は熊本の第五高等学校に在学中だった。

当時としてもかなりの早婚だが、寅彦の友人だった安倍能成は〈これは恐らく一粒の男種を伝えようとあせる両親の意志に、寺田さんがひたすら孝順だったせいであろう〉と書いている(「寅彦の墓に詣づ」)。

親同士の決めた結婚だったが、ふたりの仲はむつまじかった。だが挙式後は別々に暮らすことになる。寅彦は単身で熊本に戻り、夏子は高知の寺田家で家事や行儀作法を習った。家風に早くなじむようにということだったのだろうが、一四歳の夏子にとっては心細い日々だったに違いない。

ようやく一緒に暮らすことができるようになったのは、寅彦が熊本五高を卒業し、東京帝大物理学科に入学してからのことである。

しかし若い夫婦の東京での暮らしは長くは続かず、一年足らずで夏子は喀血。身重の身体で東京を離れて高知県の種崎に隔離され、そこで産んだ娘・貞子とも引き離される。貞子が生まれた年の夏から、寅彦も肺尖カタルのため高知県の須崎で療養することになったことはすでに書いた。同じ高知県にいながら、寅彦は須崎、夏子は種崎、まだ乳児である貞子は高知市内の寺田家と、家族はばらばらに暮らさなければならなかった。

寅彦が療養のため休学した期間は一年だが、この間、夫婦が会うことができたのは数回にすぎない。正月や貞子の初節句などで、寅彦が須崎から実家に帰っているとき、そこへ夏子が訪ねてくるのである。しかし夏子の住まいを寅彦が訪ねることは、感染を怖れた寺田家が許さなかった。

夫婦の間では頻繁に手紙がやりとりされた。明治三四年一一月二三日の寅彦の日記には〈朝夏の端書が来て自分の今の境遇は波打際の落葉の様なものだと云つてある〉と書かれている。山田一郎『寺田寅彦　妻たちの歳月』には、なかなか会えなかったふたりの、何とも切ないエピソードが記されている。

寅彦が海路で須崎から高知市内の実家へ向かうとき、船は種崎の近くを通る。寅彦が事前にその日時を手紙で報せておくと、夏子は浜に出てハンカチを振ったという。

寅彦の日記を調べてみると、確かに〈船浦戸に入りて雑喉場《ざこば》の前を過る時種崎の方の岸に見とるらしき女夏に似たり〉（明治三四年一一月二六日）という記述がある。この日寅彦は、二日後の誕生日を実家で過ごすため、船で須崎から高知市内へ入ったのだった。

地図を見ると、高知港に至る浦戸湾の入り口は、種崎と桂浜にはさまれた幅二〇〇メートルほどの狭い海峡になっている。ここを通る船からは、岸辺にいる人の姿がかなりはっきり見えたに違いない。

それにしても、海をへだてた船上と岸辺での逢瀬《おうせ》とは、ふたりは何とはかない夫婦であったことか。

明治三五（一九〇二）年一月一九日には、正月を実家で過ごして須崎に戻る寅彦を、夏子が浜に出て見送ることになっていたようだ。この日の寅彦の日記には、〈船和楽園の前を過ぐる時浜を見たれど約束の人も見へず〉とある。

寅彦は船上から目を凝らしたことだろう。しかしそこに夏子の姿はなかったのだ。翌日の寅彦の日記には、夏子から体調をくずしている旨の手紙が来たという記述がある。

七月、夏子は種崎から桂浜のはずれへと転居を余儀なくされる。結核患者が暮らすことを近隣の住民が嫌がったためだ。あまりに不憫《ふびん》な夏子の境遇に、寅彦は〈暴風雨。桂浜の茅屋を思ふ〉(八月一一日)〈朝夢に襲はれて泣く〉(八月一三日)と書いている。

九月から帝大に復学することになった寅彦は、八月二一日、夏子のもとを訪ねた。〈夏は思ひし程衰弱し居らず。戯れに写生帖にハンケチ頸に巻きたる姿を写す。別れ際に我衣の懐のだらしなく膨れたるを見て〉

この日の寅彦の日記は、ここで唐突に途切れている。夏子は別れ際に、寅彦の着物を直してやったのだろうか。

これがふたりの今生の別れとなった。一一月一五日夜一〇時、夏子死去。東京の下宿で寅彦がその報せを受け取ったのは、翌朝になってからのことだった。

（三）心和ませた明るい家庭

高知で妻・夏子の葬儀をすませた寅彦は、東京での暮らしに戻った。季節は晩秋から冬に向かい、寂寥の思いは深い。

没後四〇日にあたる明治三五年一二月二四日の日記には、〈今夜は夏の御魂《みたま》移し十一時より執り行はるべき筈なり〉とあり、〈亡き魂と親しむや窓の小夜しぐれ〉という句が記されている。

御魂移しとは、故人の魂を霊璽《れいじ》に移す神道の儀式で、夜間に行われる。故郷の高知で御魂移しが行われている時間に、寅彦は遠く離れた東京から夏子を偲び、その魂に語りかけたのだ。夏子の忘れ形見の貞子は高知の寺田家に引き取られ、寅彦はひとり下宿生活を送っていた。

明けて明治三六（一九〇三）年一月一日の日記には、〈おとゞしの正月の事何くれと思出す〉と書かれている。それは夏子とふたりで迎えた最初で最後の正月だった。三日の日記には、〈床に入りて亡き人の面影も思ひ浮かべつ。今日は早や五十日なり〉とある。

後年、貞子が母・夏子について書いた「母のイメージ」という文章がある。その中で貞子は母の短い生涯に思いをはせ、貧しい書生だった父との結婚生活に華やかさはなく、それさえも束の間であったが、父の日記を読むと、そこには〈何かしら精神的に充実した美しいもの〉があったように感じられると書いている。たしかに寅彦の日記は、夏子の生前においても死後においても、簡潔な筆に深い思いがあふれている。

土佐一中時代からの友人で、寅彦と同じく帝大生だった間崎純知は、妻を亡くした頃、寅彦がしばしば大学に残って星の観測をしていたことを回想している。

〈……独り静かな夜を、大きな望遠鏡にぶら下つて観測をしてゐる時には、自分が人間以上のものになつてゐるやうな、大きな心持になる。（中略）又しかしある時には、望遠鏡にぶら下つてゐる自分がまるでがいこつのやうに思はれる事があると述懐した事もあります〉（「学生時代の寺田寅彦」より）

世俗を離れ、ひたすらに宇宙と向き合っていたい思いがこのときの寅彦にはあったのだろう。自身を骸骨にたとえた言葉には、抜け殻になったような虚しさとさびしさがにじんでいる。

この年、師である夏目漱石が英国留学を終えて帰国した。ひんぱんに漱石宅に出入りするようになった寅彦は少しずつ元気を取り戻し、七月には大学を首席で卒業、大学院に進む。翌年には講師となった。

寅彦が二人目の妻・寛子《ゆたこ》を迎えたのは、夏子の死から三年後の明治三八（一九〇五）年のことである。寛子は高知の医師で漢詩人としても知られていた浜口真澄を父に持ち、前年に土佐高等女学校を卒業していた。

翌年の正月を、寅彦は新妻とともに迎えた。元日の日記には、〈寛子初とすごろくをして遊

両親の金婚式での寅彦（後列左）と長男を抱く妻・寛子（前列左）：日本近代文学館提供

ぶ。負け方の顔におしろいを塗る。寅彦もおしろいのご相伴をする〉とある。初とは女中の名である。

正月四日には、〈睦しき顔をならべて巨燵《こたつ》哉〉の句を詠んでいる。寅彦にとっては久しぶりの明るい正月だった。

寛子はこのとき一八歳。その後四人の子の母となり、寅彦の友人知人、親戚から、良妻賢母の鑑《かがみ》と言われるようになる人だが、新婚当時の寅彦の日記に描かれた姿は明るく可愛らしい。

二月八日の日記には、〈寛子束髪に結ひ。簪《かんざし》の外に櫛とリボン二つつけ寅彦に笑はる〉とある。少女のような無邪気さは、寅彦の心をなごませたに違いない。

明治四二(一九〇九)年三月、東京帝大の助教授となった寅彦は、ドイツとイギリスに官費留学する。二年三カ月という長い滞在で、その間、寛子に数多くの絵葉書を出している。

明治四三(一九一〇)年正月、ナポリからの便りにはこうある。

御目出度う、おめでとう。四十三年元日。ナポリの浜辺より。

寛子殿

貞子殿　お目出度う

東一殿　オメデチョー

正二殿　バー

いずれへもよろしく

東一は明治四〇（一九〇七）年に生まれた長男である。次男の正二は同四二年生まれで、寅彦が出発したとき、まだ生後四〇日だった。寅彦にしては意外なほどユーモラスなこの年賀状からは、寛子とともにつくりあげた家庭の明るさが伝わってくる。

帰国後、夫妻は弥生と雪子という女の子にも恵まれた。しかし、寅彦をまたしても不幸が襲う。結婚一三年目の大正六（一九一七）年一〇月、寛子が病死するのである。三〇歳になる直前のことだった。

同年一二月二一日、納骨のため寅彦は高知に発《た》った。子供たちは東京の家に残し、寛子の遺骨とふたりきりの帰省である。この日、寅彦はこんな句を詠んでいる。

骨を抱いて家を出づれば寒き霧

（四）二人目の妻を失う

寛子の死は突然のことだった。寅彦の日記には、〈一夜の中に右肺全部を侵されしとの事〉とある。二カ月ほど前から体調を崩しており、身重であったため流産が危惧されてはいたが、これほどあっけなく亡くなるとは寅彦も思っていなかっただろう。

夏子のときは発病から死去まで長い療養生活があったが、今度は覚悟をする暇もない別れである。四人の子をなし、ともに家庭を築いてきた寛子を突然失った衝撃は大きかったに違いない。

夏子が生んだ娘・貞子による当時の回想がある。夏子の死後、高知の寺田家で育てられていた貞子は、一四歳のときに上京し、寅彦のもとで寛子を母と呼んで暮らすようになっていた。

〈葬式もすみ、家の中が淋しいままに少し落ついてから、母の形見分けをしましたが、その時、母の着物を手にとつて、父はしみぐ\と可哀想だつたなあ、何一つ作つてもやらずに亡くなつてしまつた。と言つてゐたのを私も傍で悲しくきいて居りました〉(「父の追憶」)

形見分けが行われたのは、寅彦の日記によれば、大正六年一一月二八日である。この日、寅彦は日記に次の句を記している。

触れて見れど唯つめたさの小袖哉《かな》

これほど早く逝ってしまうなら、してやりたかったことがたくさんあったのにと寅彦は思ったことだろう。

一二年の結婚生活の間、寅彦は帝大教授に就任し、寛子が死去した年には学士院恩賜賞も受けている。順調きわまりない出世だが、その分神経を使うことも多い日々だった。

寛子は万事において控え目で、家族に尽くすことで寅彦の仕事を支えた人だった。寅彦と寛子の間に生まれた長男の寺田東一は、〈亡くなつた母は穏かな平凡な女性だつた様に思ふ〉（「弥生町の頃」）と書いているが、この穏やかさと平凡さに、繊細な神経の持ち主だった寅彦は、ずいぶん救われたに違いない。

寛子の遺骨を高知の墓に収め、寅彦が東京に戻ったのは、大正六年一二月二五日の夜だった。

出迎ふる人亡くて門の冬の月

この日の日記に記されている句である。いつも門まで出迎えてくれていた寛子はいま、遠く離れた高知の墓に眠っている。

そして、同じ日に詠まれたもうひとつの句。

今そこに居たかと思ふ火燵《こたつ》哉

新婚の正月に寅彦が詠んだ「睦しき顔をならべて巨燵哉」の句が思い出される。年越しの晩、寅彦はまだ少女めいていた新妻と、火燵で唱歌を歌ったのだ。

夏子を失ったときと違うのは、このときの寅彦には守るべき子供たちがいたことだ。寅彦の姪である伊野部美可子は、母を亡くした子供たちのために、寅彦がさまざまな配慮をしたことを回想している。

〈叔父さんは御自分でお菜やおやつの食べ物まで、今度はこんなものをやつたらどうでせう、といふ具合に指図をされて、子供さん達がお腹をいためないやうに、病気をされないやうにと心をくだいて居りました〉（「寺田の叔父さん」）

寛子が亡くなって最初の正月、寅彦は蓄音機を買っている。少し前に親戚の家にあった蓄音機で宝塚少女歌劇の「ドンブラコ」のレコードを聴き、子供たちに聴かせたら喜ぶだろうと思ったのだ。

子供たちは大いに喜んだ。はじめて聴いた晩には興奮して震えるほど嬉しかったと長男の東一は回想している。

寅彦は、この日のことをのちにこう書いている。

〈その夜のわが家はいつになくにぎわった。なんとなしに子供の心を押しつけていた暗い影が少なくともこの夜はどこかへ行ってしまったような気がした。疲れて快く眠る子供の顔を見比べながら雨戸にしぶく雨の音を聞いているうちにいつのまにか説明のできない涙が流れた〉（「蓄音機」）

このとき寅彦は三九歳。五人の子供のほかに老母も同居しており、主婦のいない家庭を運営するのは負担が重かったことだろう。末娘の雪子はまだ二歳だった。

仕事は多忙を極め、寅彦自身も身体が丈夫ではなかった。早く後添えをという周囲の勧めに、最初は乗り気でなかった寅彦も、見合いをする決心をする。

その相手、酒井志ん（戸籍名は紳）と結婚したのは、この年の八月のことだ。志んは寅彦より八歳下で、東京・下町の生まれ。医師だった夫と死別しており、寅彦と同様、再婚であった。

今度の妻は長生きをする。志んは、のちに「悪妻」と評判が立つユニークな個性の持ち主で、寅彦は四〇代にして、苦労の多い結婚生活に足を踏み入れることになるのである。

（五）〝悪妻〟に看取られて

寅彦と志んは、育った環境も性格もまったく違う夫婦だった。浅草の商家に生まれた志んは大の芝居好き。長男の東一が一高に合格した日、家族で合格祝いをしたいのに、夜の一〇時になっても帰宅せず、寅彦をやきもきさせたこともあった。

旅行も好きだった。日程を詳しく知らせずに出かけていたようで、寅彦の没後、志んが夫の思い出を語った「家庭に於ける寺田寅彦」によれば、寅彦は安否だけでも毎日知らせてくれと頼んだそうだ。志んの旅先の郵便局宛てにあらかじめ手紙を出すこともしていた。何とかして無事を確かめ、安心したい寅彦の姿が浮かぶが、志んは、〈心配性で、絶えずいろ〳〵の事が心にかかつてゐたやうです〉と、あっさり片付けている。

結婚八年目、同居していた寅彦の母が死去するが、その葬儀の際に志んはどこかへ出かけてしまい、参列しなかった。こうした数々のエピソードから、志んは悪妻と呼ばれることになったようだ。

志んの写真をぜひ見てみたいと思ったが、七二歳まで生きたにもかかわらずほとんど残っていないようで、ついに探し出すことができなかった。

「写真嫌いで、寅彦が撮ろうとしたら、カメラを取り上げてフィルムを引き抜いたという逸話があります」

そう教えてくれたのは、寅彦の次女・弥生を母にもつ関直彦である。

志んが寺田家にやってきたとき、弥生は六歳。継母にあたる志んとは、寅彦が没した後も嫁ぐ日まで一緒に暮らし、志んの晩年は姉の貞子とともに世話をした。

関弥生は平成一八（二〇〇六）年に亡くなったが、彼女が「寺田寅彦全集」第三巻の月報に寄せた「母志ん子のノートによる寅彦像」と題する文章は、志んの素顔をいきいきと伝えている。

それによれば、志んは茶目っ気があり、来客があると、寅彦の座っているところからだけ見える窓の外でおどけた真似をしてみせて、客の手前、笑うに笑えない寅彦を困らせたそうだ。

新しいものが好きで、丹那トンネル開通のときは一番乗りし、民間航空機が初めて東京〜大阪間を飛ぶと聞いて乗りに出かけたこともあった。

夫思いのところもあった。寒がりだった寅彦のためにトイレに練炭火鉢を入れてやったり、着るものを火燵に入れてあたためてやったりしたエピソードが紹介されている。

女学校は出ていないものの、志んは頭のいい人で、「演芸画報」の読者欄に劇評を投稿し、三度掲載された。寅彦はそれを読んで「感服した」と言ったそうだ。弥生の文章からは、志んの独特の魅力が伝わってきて、もし現代に生まれていればその個性を十分に発揮できたのではないかと思わせられる。

志んは生前、折々に思うことをノートにつけており、その一部がこの文章の中で紹介されている。

〈寅彦は只《ただ》まじめ一方の人であるが、後年大いに洒脱飄逸《しゃだつひょういつ》な人になったのは、私のおしこみによるものだ。とにかく偉い人だと評価されるようになると、丸で神様扱いだ。一から十まで偉い人になるが、人間だもの、偉い所も偉くない所もある。その偉くない所を私がしこんであげた〉

このノートには、志んが寅彦に「あなたは岩波の高等幇間《ほうかん》」と言った話も出てくる。寅彦は怒らず、「うまいことを言う」と言ったそうだ。

繊細にして生真面目、学者としても文筆家としても尊敬され、高い地位についた寅彦の後半生に、こんな批評精神をもつ毒舌家の妻がいたことは、同情もするが、一方で痛快な気がしないでもない。

この妻に見送られ、昭和一〇（一九三五）年、寅彦は骨腫瘍のため五七歳で死去した。最後まで入院はせず、自宅で息を引き取っている。

当時の弥生の日記によれば、闘病中の寅彦は、見舞いに来た和辻哲郎が持ってきた紅白の見事な薔薇を見て「こんなきれいな物のある世の中にどうにかしてもう一度治りたいものだ」としみじみ言ったという。

志んは寅彦の思い出を語った談話の中で、こんなエピソードを語っている。寅彦の闘病中に風邪をひき、一週間ぶりに二階で寝ている寅彦の所へ行くと、寅彦は「ほうよくなったか」と喜んで、「おい握手しよう」と言った。志んが「若い者のように、いやですよ」と言うと、寅彦は「かまわないじゃないか、握手しようよ」と言ったそうだ。結局、握手したのかどうかについては、志んは語っていない。

志んと子供たちの仲を、寅彦は心配していた。最後の日、志んが「皆で仲よく看病していますから安心してお休みなさい」と言うと、ああといってうなずいた。その後しだいに息が弱くなっていき、ついに永眠したという。

一〇

八木重吉——素朴なこころ

八木重吉記念館提供

（一）ふたりの夫に添い遂げた妻

詩人・八木重吉の墓は、東京都町田市相原町の生家近くにある。このあたりは昔でいう東京府南多摩郡堺村で、丘陵地の間に細長く延びた山村だった。昭和二（一九二七）年、二九歳の若さで肺結核のために亡くなった重吉は、〈心のくらい日に／ふるさとは祭のようにあかるんでおもわれる〉（「故郷」）と病の床でなつかしんだ故郷に葬られた。

八木家の墓地に足を踏み入れると、新緑の木々を背に「故八木重吉之墓」と彫られた墓石が立っていた。名前の上に十字架がある。重吉は敬虔なクリスチャンだった。

その左側に小さな墓石があり、「八木桃子」「八木陽二」の名が並んで彫られている。重吉の死後、一四歳と一五歳で亡くなった子供たちの墓である。

子供たちの墓をはさんで、もうひとつ墓石が立っていた。「登美子」とだけ刻まれたその墓には、重吉の妻だった人が眠っている。八木という姓がなく名前だけなのは、重吉の死後に再婚したためだ。再婚相手は歌人の吉野秀雄である。

吉野は登美子より先に亡くなったが、生前、重吉の墓に参ってこんな歌を詠んでいる。

われのなき後《のち》ならめども妻死なば骨《こつ》分けてここにも埋《うづ》めやりたし

自分の死後のことになるだろうが、妻が死んだらその骨を分け、重吉の墓に埋めてやりたいという。吉野はこの歌を自分の遺言とした。それは守られ、登美子が没すると遺骨は分骨されてここに埋葬されたのである。

再婚した夫の遺言によって、最初の夫の横に眠ることになった登美子。川の字のように並んだ三本の墓石は、ひとりは詩に生き、もうひとりは歌に生きた二人の文学者と、縁あって彼らの妻となった女性の数奇な愛のドラマをいまに伝えている。

八木重吉と吉野秀雄は生前一度も会ったことがない。二二歳の若さで夫を亡くした登美子は、四歳と二歳の幼な子を抱え、懸命に働いて生活を支えた。その子供たちを亡夫と同じ結核によって失った後も独身をつらぬいていたが、妻を亡くし、四人の子を育てていた吉野と戦時中に知り合い、昭和二二年に再婚する。登美子四二歳、吉野は四五歳だった。

吉野の家に来たとき、登美子は古ぼけたバスケットを携えていた。重吉の詩集、遺稿、聖書と写真が入ったそのバスケットは、登美子が何よりも大切にし、戦争の混乱から命がけで守りぬいたものだった。

吉野はこのとき初めて重吉の詩を読み、その痛々しいまでの純粋さに心を打たれる。そして、ほとんど無名だった重吉の詩を世に知らしめることに力を尽くすのである。

素朴な琴

この明るさのなかへ
ひとつの素朴な琴をおけば
秋の美くしさに耐へかね
琴はしづかに鳴りいだすだらう

吉野が好んだ重吉の作品のうちの一編で、のちに広く愛唱されるようになる詩である。

重吉の墓から道一本をへだてた生家の敷地内にはこの詩を刻んだ碑があり、その奥に、土蔵を改造して作られた「八木重吉記念館」が建っている。見学の予約があるときだけ開かれるという、小さな記念館である。

ガラスケースの中に並んでいる詩稿やノート、写真、絵画は、そのほとんどが、登美子がバスケットに入れて守ったものだ。その中に、大正一一（一九二二）年一月の重吉と登美子との婚約式の写真があった。重吉も童顔の人だが、写真の中の登美子の顔はさらにあどけない。年譜を見るとこのときまだ一六歳、女学校三年生だった。

二人が初めて出会ったのはこの前年の大正一〇（一九二一）年三月である。父を亡くして新潟県から上京した登美子が、姉の知人の紹介で、女学校の編入試験の準備のため重吉に勉強をみてもらうことになったのだ。

重吉は当時、東京高等師範学校の卒業を控えた二三歳で、四月から英語教師として兵庫県の御影師範学校に赴任することが決まっていた。

登美子は重吉の下宿に通って受験勉強の仕上げをし、女子聖学院の編入試験にぶじ合格した。重吉が教えたのは一週間だけだったが、その一週間で重吉は登美子にすっかり心を奪われてしまう。

憧れていたミッションスクール、女子聖学院での学校生活を楽しんでいた登美子のもとに、御影にいる重吉から熱烈なラブレターが届くようになる。尊敬する師としてしか重吉を見ていなかった登美子は戸惑ったが、重吉は、登美子に結婚を申し込む者があったらどうしようと、発熱して寝込むほど煩悶《はんもん》する。そして死まで考えたあげく、誰よりも先に自分が結婚を申し込もうと決意するのである。

（二）二四歳と一七歳の結婚

〈本当にあなたは天使です。とるに足らぬ私を師と呼んで下さるけれど、実は、あなたこそ私の師ではありませんか？　純潔無垢なあなたの御心は、そのまゝで天使の心でなくてなんでせうか？〉

出会って半年後の大正一〇年九月、兵庫県の御影で教師をしていた重吉は、東京の登美子にこんな手紙を書いている。登美子はこれを読んで驚き、めまいがするような気がしたと後に回想しているが、重吉としてはこれでも、まだ一六歳だった登美子を慮って表現を抑えていた。当時の日記にはさらに烈しい恋情が綴られている。

煩悶に耐えきれず、結婚を申し込むことを決意した重吉は、東京高等師範学校時代の先輩で、東京帝大の物理学研究室にいた内藤卯三郎（のちの愛知学芸大学学長）に手紙を書いて助けを求めた。

思いが叶わないときは死のうとまで重吉が思いつめていることを知った内藤は、これは大変だと登美子の兄のもとを訪ねる。父親を亡くした登美子は、兄夫婦の家で暮らしていた。

内藤のもとには重吉から毎日、切々と胸の内を訴える巻紙の手紙が届いた。それに押されるようにして、内藤は繰り返し登美子の兄のもとに足を運んだ。

長女１歳の誕生日に（1924年）：八木重吉記念館提供

内藤の熱意にほだされ、登美子の兄はとうとう「私は八木先生に会ってもおらずどんな方かわからないが、あなたがこれだけ力を入れていて下さるのだからあなたのような人だろうと思うようになって来た、学校を卒業してからという条件でお委せしましょう」と返事をしたという（登美子の回想記『琴はしずかに』より）。

学校が冬休みに入った一二月、内藤は登美子の兄と重吉を引き合わせた。このときは登美子も同席し、二人は九カ月ぶりに再会する。

手紙で熱烈な愛の言葉を捧げられるうちに、登美子の中には重吉を慕う気持ちが芽生えていた。久しぶりに対面して、最初に会ったときから変わらない清らかな印象にあらためて心をひかれたという。登美子の兄も重吉を気に入り、結婚は二年後に登美子が女学校を卒業してからという条件で婚約が許される。

それから間もなく、横浜市本牧の神社で婚約式が行われた。式には登美子の兄と重吉の父のほか、二人の婚約の立役者でもある内藤も出席した。

ここまでこぎつけたのも内藤の骨折りがあってこそで、学生時代の後輩の恋のために自分の研究そっちのけで奔走した内藤の人柄が偲ばれるが、おそらく彼も重吉の純粋さに打たれたのだろう。

重吉は給料を貯めて婚約指輪を用意していた。それに小さなダイヤがついていたことに、生まれて初めて指輪をする登美子は感動した。

婚約式を終えて御影に帰った重吉は、翌月、こんな手紙を書いている。

〈あゝこの耐え難い、富ちゃん（注・登美子のこと）恋しさ、いとほしさ、懐しさのもゆる想ひをどうしたらばいゝのか？　おゝ二百里の山河よ、二年の歳月よ！〉

婚約できたものの、二年間も離ればなれで暮らすのは耐えられないというのだ。

重吉はひっきりなしに長い手紙を書き送り、駄々っ子のように、会いたい、もっと手紙をくれと繰り返した。登美子のもとには一日に二通の手紙が届くこともあった。

春休みになるのを待ちかねて重吉は上京し、横浜の内藤宅で登美子と会う。海岸を散歩するなど楽しい時間を過ごしたが、御影に戻るとまた、会えない悲しみと苛立ちに襲われた。

そんなとき登美子が肋膜炎《ろくまく》にかかる。同居していた兄嫁が亡くなり、家事などの負担が急に重くなった過労からくるものだった。

重吉は驚いて、髭も剃らずに御影から飛んできた。そして、病気の登美子と離れているのは心配なので、すぐに結婚させてほしいと、登美子の兄を説得する。

「私は教育者ですから、引き取って自分で教育します。そしてきっと丈夫にしてみせます」

こうして重吉は登美子に女学校を辞めさせ、妻にした。大正一一年七月のことである。

東京から御影まで内藤が登美子につきそい、新居となる借家で、三人だけでつつましい結婚式をした。重吉二四歳、登美子一七歳のときである。

それまでおもに短歌を作っていた重吉は、結婚後は詩を書くようになった。結婚翌年には長女が、その次の年には長男が生まれ、一見おだやかな生活が続いているように見えたが、重吉は教師という仕事に疑問を持ち始めていた。クリスチャンとして道を求める心が日に日に強くなり、一途にはりつめたその信仰心は、健康を冒すまでになっていくのである。

(三) 信仰と生活のはざまで

重吉は内村鑑三の影響を強く受けた無教会派のクリスチャンだった。登美子の回想によれば、若い頃に教会に通ったことがあったようだが、結婚してからは一度も行かなかったという。人と交わらず、師も持たず、聖書を唯一のよりどころとする重吉は、孤独な信仰を深めていった。

学校では職員室の俗悪な空気を嫌い、ひとり校庭の木陰で本を読んだ。〈教師という職業に対する自嘲がいつも八木にはあった。自分の本当のなすべきわざはこれとは違う、というおもいがたえず八木の胸に去来していたようだ〉と登美子は書いている(『琴はしずかに』)。

やがて重吉は、純粋な信仰生活を求めるあまり、家庭さえ足かせに思うようになる。

長女の桃子を生んだとき、登美子は一八歳だった。登美子が桃子をおぶって市場に買い物に行こうとすると、重吉は子供を置いていくように言ったという。あまりに若い母なので可哀想だというのだ。

女学校を辞めさせて奪うように妻にし、生活の苦労をさせている登美子を不憫に思う心が重吉にはあった。だが一方で、聖書を読み、詩を書いていると、凡俗の幸福に安住することの醜さが身にしみてくるのだった。

これがいのちか、
これがいのちか、
ぬらぬらとおぐらいともしびのもとにみる
おのれの　生活、つまよ　ひとりの児よ、
このようにくれ、またあしたをむかへる
これだけが　いのちの　あぢわひなのか

（「純情を慕ひて」より）

登美子に向かっていきなり「お前は罪ふかい、舌を嚙んで死んでしまえ」と言ったこともある。だがみずからもクリスチャンだった登美子は、重吉が潔癖であるがゆえに信仰と生活のはざまで苦しんでいることを理解し、夫の力になれない自分を悲しんだ。

重吉の苦しみは、人一倍妻子を愛しているからこそそのものだった。桃子が生まれた翌年、長男・陽二の誕生を控えていた頃に、こんな詩を書いている。

あかんぼを
しっかりといだきしめれば
やうやくに　このかなしさは　ひとつに統べられる
（「幼き歩み」より）

だが同時期に、こんな詩を書いてもいる。

妻をやしなふためばかりに
桃子と陽二をやしなふためばかりに
おあしをもうけねばなりませんゆえ
こころにもないいやなしごとにたづさわってゐます
こころぐるしい日日のなりわひです
（「ものおちついた冬のまち」より）

初の詩集『秋の瞳』が刊行されたのは、陽二が生まれた翌年の大正一四（一九二五）年である。地方在住の無名の青年が詩集を出すことができたのは、当時流行作家だった加藤武雄が親戚で、彼の斡旋《あっせん》があったからだ。

刊行後、いくつかの新聞や雑誌から寄稿の依頼があり、また佐藤惣之助に誘われて「詩之家」の同人となった。詩壇ではほぼ無名のままだったが、詩作においては、短い人生で最大の充実期を迎えていた。

この年、重吉は千葉県東葛飾中学校に転任し、現在の柏市に一家で移り住んだ。教員住宅は松林や櫟《くぬぎ》林に囲まれた野原の中にあり、素朴な自然は、重吉の詩の重要なテーマになっていく。

この地で重吉はますます信仰を深め、〈自分が／この着物さへも脱いで／乞食のようになって／神の道にしたがわなくてもよいのか〉（「神の道」より）と考えるようになる。自分の意志で家族をもったのに、いささか身勝手な考えのように思えるが、登美子は〈これこそが八木の本心だったとおもうと気の毒でたまらない〉（『琴はしずかに』）と、当時の重吉の苦悩を思いやっている。

この頃から重吉は可哀想だと言って魚や肉を食べなくなり、次第に痩せていった。大正一五（一九二六）年になるとしばしば風邪で学校を休み、大きな病院で見てもらったところ、結核第二期との診断を受ける。すぐに入院せよとの指示だった。

虫が鳴いてる
いま　ないておかなければ

もう駄目だというふうに鳴いてる
しぜんと
涙をさそはれる
（「虫」）

人生の時間が残り少ないことを知って書かれた詩のように見えるが、重吉がこれを書いたのは結核と診断される前のことである。重吉はそれまでもずっと、どこか切羽詰まった気持ちで日々を生きていたのだろう。

重吉は神奈川県茅ケ崎の病院に入院した。登美子は子供たちを母親に預け、電車を乗りついでできるだけ見舞いに通ったが、重吉からは毎日のように葉書が来た。寂しくてたまらないから、もっと会いに来てくれというのだ。一人で過ごす夜、重吉は病床でノートにこう書きつけた。

登美子
私は病気して
お前を母のように思ってゐる

（四）バスケットの中の詩

柏から茅ケ崎まで、鉄道と人力車を乗りついで登美子が見舞いに行くと、重吉は家に置いてきた子供たちが泣いているのではないかと案じ、短時間で「もう帰れ」と命じるのが常だった。だが登美子が家に戻ると、追いかけるように、また面会に来いという葉書が届くのだった。

だんだん少しづつ熱が上るので私は不安だ。富子、富子、待ってゐる。
早くお前に逢ひたい。
是非早く来て呉れ
キット来い

これは大正一五年六月八日付の葉書だが、同じ日、重吉はもう一通、葉書を書いている。

富子、私は、退院してお前のそばにゐたい。
私は貴重な一時間〳〵をお前のそばにしじゅうゐたい。富子、私はお前に逢ひたい。出来たら、早く来て呉れ。

駄々っ子のように「逢いたい」「来てくれ」と繰り返す筆跡は、乱れてゆがんでいる。

寂しさに耐えられない重吉は、入院直後から妻子を茅ケ崎に呼び寄せて自宅で療養することを望んでいた。〈早く此土地《この》へ引越して来い〉（五月二七日付）〈こちらへ引き越しについて早く骨折って呉れ〉（五月三〇日付）などと登美子に何度も訴えている。

病院の近くに借家が見つかり、家族で暮らせるようになったのは七月のことだ。だが重吉は次第に衰弱し、登美子の母に「とみ子を幸福にしようと思って結婚したが、こんなに苦労ばかりかけて申しわけありません」と涙を流して詫びたという。

昭和二（一九二七）年一〇月二六日、重吉は二九歳で死去する。その最期を、登美子は〈真夜中に八木は急に、「可愛い可愛いとみ子」といったとおもうと、平安な清い顔をして昏々と眠りにおちたが、暁の四時半、とうとう脈がとぎれてしまった〉と書いている（『琴はしずかに』）。

翌年、生前に重吉が編んでいた詩集『貧しき信徒』が刊行された。

花がふつてくると思ふ
花がふつてくるとおもふ
この　てのひらにうけとらうとおもふ

（「花がふつてくると思ふ」）

かなしみを乳房のようにまさぐり
かなしみをはなれたら死のうとしてゐる
（「かなしみ」）

登美子に訴え続けた寂しさは、重吉にとって宿痾であり、同時に詩人としての天賦の才でもあった。親交のあった詩人の草野心平は、重吉を「社会のなかに独りぽつんと雪のかたまりのやうな存在」と表現している（「覚え書」）。その孤独に寄り添ったただひとりの人が登美子だった。

重吉に死なれたとき登美子はまだ二二歳で、長女の桃子は四歳、長男の陽二は二歳だった。子供たちを必ず手許で育てるようにという重吉の遺言を守り、登美子は百貨店勤めをして独力で二人を養育した。

だが重吉没後一〇年後の昭和一二（一九三七）年、女学校二年だった桃子が父と同じ結核で死去。その三年後には陽二もやはり結核で亡くなってしまう。登美子に残されたのは、重吉の詩稿だけだった。

妻よ
笑ひこけてゐる日でも
わたしの泪《なみだ》をかんじてくれ
いきどほってゐる日でも
わたしのあたたかみをかんじてくれ
（「早春小景」）

未刊行の重吉の作品は膨大な数にのぼり、登美子はそれらを柳のバスケットに入れて大切に保管していた。この詩稿を守り、いつの日か世に出すことが自分の使命だと思うことで、登美子はようやく子供たちの死から立ち直り、生きる力を取り戻した。

登美子が歌人の吉野秀雄と出会ったのは、陽二を失った四年後の昭和一九（一九四四）年のことである。知人の紹介で、妻に先立たれ、四人の子供を抱えて困り果てていた吉野の家に住み込んで家事をすることになったのだ。

当時、吉野は結核を病んでいた。夫と子供を奪った怖ろしい病だが、登美子は嫌がらず献身的に世話をした。一家のために苦労をいとわず働く登美子を吉野はいつしか愛するようになる。

独身をつらぬいてきた登美子も吉野の思いに応え、ふたりは昭和二二（一九四七）年一〇月に結婚した。吉野四五歳、登美子は四二歳になっていた。

登美子の思いを汲んで、吉野は重吉の詩を世に出すために尽力した。重吉の作品が広く世に知られるようになったのは、吉野が小林秀雄の協力を得て出版のために動き、昭和二三年に創元選書から刊行された『八木重吉詩集』（草野心平・編）によってである。登美子が愛した重吉の作品を吉野もまた愛し、深い敬意をもって扱った。

吉野の子供たちも登美子のために重吉の遺稿の出版に力を尽くし、吉野家の人々の編集によって、さらに二冊の詩集が刊行された。

二〇年の結婚生活の後、昭和四二年に吉野は死去。登美子はその後、九四歳の長寿を全うした。登美子の骨は分けられ、いま、ふたりの夫の傍らで眠っている。

二

宮柊二——戦場からの手紙

中国・山西省にて（1942年11月）：片柳草生氏提供

（一）会えぬままはぐくむ思い

宮柊二《しゅうじ》の歌集『山西省』は、日中戦争で大陸に送られた一兵士の目から戦闘の最前線をつぶさに描き出している。名歌集として知られているが、同時に貴重な歴史の証言であり、第一級の記録文学である。

戦後を代表する歌人のひとりである宮柊二は、大正元（一九一二）年、新潟県に生まれた。昭和一四（一九三九）年に二七歳で召集され、中国大陸の北部、山西省で四年にわたって兵士として戦った。『山西省』に収録された歌は、この間の経験を詠んだものだ。

次々に銃さし上げて敵前を渡河するが見ゆ生《いき》も死もなし

血に染《そ》みて伏しゐし犬がまだ生きて水すする音暫《しばし》ののちに

これまで数多くの戦記や手記に接し、また戦争を題材とする小説も読んできたが、いまから一〇年ほど前、初めて『山西省』を通読したときの衝撃は忘れられない。端正な詠みぶりにもかかわらず、身体にひびいてくるようなリアリティがあり、一兵士の目を借りて戦場を見ているような気にさせられた。

とりわけ圧倒されたのが、出撃から戦闘終了までを詠んだ「北陲《ほくすい》」と題された一五首で、「部隊は挺身隊。敵は避けてひたすら進入を心がけよ、銃は絶対に射《う》つなと命令にあり。」という詞書《ことばがき》がある。

うつそみの骨身を打ちて雨寒しこの世にし遇ふ最後の雨か

これが一首目である。「うつそみ」とは、現世を生きている自分のこと。戦闘にのぞむ兵士が、死の覚悟を、まさに骨身で引き受けようとしている。

詞書の通り、敵陣に深く入り込む任務のため、銃声をたてることは禁じられていた。もし敵兵と遭遇すれば、銃剣で刺すしかない状況である。そして部隊はやがて、闇の中で敵と行き合うのだ。

ひきよせて寄り添ふごとく刺ししかば声も立てなくくづをれて伏す

圧倒的とはこういう表現を言うのだろう。切迫したリアリティと、戦争がまさしく肉体のものであることを突きつけてくる残酷な官能性。有名な歌だとあとで知ったが、このような内容を、このように表現することができるのかと驚いた。

「北陲」一五首は、戦闘を終えたあとの戦場を描いて締めくくられる。

俯伏《うつふ》して塹《ざん》に果てしは衣《い》に誌《しる》しいづれも西安洛陽の兵

陣中日誌に不便すべしと失ひし時計を捜す屍体の間《あひ》に

『山西省』に収められたこれらの歌が、戦闘の現場で詠まれた現地詠であることを知ったのは、宮柊二が戦場で書いた手紙を読んだことからだった。

古書店で見つけた『砲火と山鳩《やまばと》』。副題に「宮柊二・愛の手紙」とあるこの本は、柊二が戦時中に、のちに妻となる滝口英子に書き送った手紙を集めた書簡集である。二〇〇通あまりが収録されているが、山西省からの軍事郵便がそのほとんどを占めている。

柊二が所属した部隊は大小さまざまの戦闘に駆り出され、中原会戦などの大作戦にもしばしば投入された。その合間をぬって書かれた手紙には、兵士としての生活や歌に対する思いなどが綴られ、同じ歌誌に所属する後輩であった英子へのアドバイスなども見られる。

読み進めていくうちに『山西省』に出てくる歌が記された手紙があることに気づいた。たとえば昭和一七（一九四二）年五月二日付の手紙には「北陲」一五首のうちの多くが書かれており、先に引いた〈ひきよせて……〉の歌もある。

戦争体験を綴った手記や文学作品は、そのほとんどが戦場から帰還した後に書かれている。しかし『山西省』は、まさに戦闘の最前線で生まれた作品だったことが、これらの手紙からわかる。あの切迫したリアリティは、戦闘のさなか、「死」のごく近くにあって詠まれたがゆえのものだったのだ。

調べてみたところ、「北陲」の初出は「日本文芸」昭和一七年七月号で、柊二は戦地で依頼を受け歌稿を送っている。英子宛の手紙には推敲中であることが書かれており、編集部に送る前にまず彼女に見せたものと思われる。

柊二が戦地からおびただしい数の手紙を書き送り、生々しい戦闘体験を詠った歌を最初に見せた女性、英子。二人が知り合ったのは柊二が出征するわずか半年前だった。その後の四年間、一度も会えないままに、二人は手紙だけで愛をはぐくんでいくのである。

（二）出会いから半年、前線へ

宮柊二（本名肇《はじめ》）は、大正元年、新潟県北魚沼郡堀之内（現在の魚沼市）に生まれた。生家は書店である。父親は文学を好み、若い頃は「三峡」という雑誌を発行して久米正雄や松岡譲らと交流があった。東京進出を計画し、本郷の帝大前に出店準備を進めていたところへ関東大震災が起こり、以後、家業は衰退していく。

旧制長岡中学（現在の長岡高校）に進んだ柊二は、成績優秀だったにもかかわらず、卒業後は進学せず家業を手伝った。書店を何とか立て直したいと考えてのことだった。

このころ柊二は、初めての恋愛を経験する。相手は中学時代に通学の汽車で知り合った古田島郁子という女性で、柊二より五歳上だった。だがふたりの交際は、周囲から反対される。昭和六（一九三一）年、逢うことを禁じられていたふたりは手紙で示し合わせ、北海道の野幌にいる郁子の叔父のもとに結婚の相談に行った。

両家の家族を驚かせ、駆け落ちかと心配させた〝事件〟だったが、のちに半生を振り返った「若くかなしみ老いて苦しむ――自伝抄」の中で、柊二は〈逃避行のような旅をしていても、二人の間には何事もなかった〉〈思えば清純な少年の恋愛であった〉と初恋を懐かしんでいる。

柊二は郁子とのことを、父の弟で画家だった宮芳平にも相談している。郁子の叔父からは結

妻・英子と長女・草生（1946年4月）：片柳草生氏提供

婚は無理だと言われたが、芳平からは、その人を心から愛しているなら彼女の家から奪ってきてもいいんだよ、と言われたという。芳平は、森鷗外の短編「天寵」に登場する「M君」（文展に応募した絵が落選した理由を審査員だった鷗外に聞きにくる青年）のモデルとなった人物である。

結局は実らなかったこの恋を詠った歌が、柊二の初期作品の中にある。

淋しければ山の峡間《はざま》に詮なくて紫陽花の花をちぎりすてつつ

英子夫人は、柊二の没後にその代表作を選んで解説した「宮柊二秀歌五十首」（「短歌」平成九〔一九九七〕年八月号）の一首目にこの歌を挙げている。

初恋に破れた柊二は、二〇歳になる昭和七（一九三二）年、ひとり上京する。新聞販売店に半年ほど住み込み、その後は額縁製造店や図書の通信販売店などで働きながら、中学時代に始めた短歌を作り続けた。

北原白秋の門下となって指導を受けるうちに才能を認められ、昭和一〇（一九三五）年から白秋の秘書をつとめるようになる。そして昭和一四（一九三九）年二月、白秋主宰の「多磨」の歌会で、のちに夫人となる滝口英子に出会うのである。

英子は富山県出身で柊二より五歳下、当時は東京女子高等師範学校（お茶の水女子大学の前身）の三年に在学中で、二年前からの「多磨」の会員だった。

歌会は日比谷の松本楼で開かれた。その帰りに柊二は英子に声をかけ、当時、東京女高師で教鞭《きょうべん》を執っていた石川謙博士のことを尋ねた。石川は学士院賞を受けた教育史学者で、かつて弟子をつれて柊二の生家の書店に数日間滞在したことがあったのだ。

〈私は、毎月の歌会で鋭く暗い論客として、遠くから眺めていた柊二に、はじめて声をかけられたことがうれしく、質ねられた石川先生に早速お伝えしようと心がはずんだ〉（「雁信片々柊二との出逢い」）と英子はのちに書いている。すでに新進歌人として認められつつあった柊二は雲の上の存在で、英子は学生らしい無邪気さで言葉を交わしたことをよろこんでいる。

これをきっかけに手紙のやりとりが始まり、柊二は英子に作歌指導をするようになった。白秋門下の先輩・後輩という関係を超えることのない範囲で、少しずつ親しさを増していったことが当時の手紙からわかる。

だが、出会いから半年後の八月、柊二に召集令状が来る。旅先の信州でそれを知らされた柊二が、英子に書いた八月八日付の葉書が残っている。

〈……昨夜、私へ動員が下つて居りました。出頭は廿日《はつか》です。お会ひ出来ないと思ひます〉

赤鉛筆の走り書きである。始まりかけたものを断ち切ろうとする何かが押し寄せてくる気配が、短い文言から伝わってくるようだ。

一一月、柊二は中国、山西省に向けて出発した。

〈ここは山西省の一寒村であり、第一線であり、この前には日本の部隊は居りません。殆ど想像つかない少人数が、ここを死守して作戦の十字の運命を摑んで居ります〉〈あけくれてわれに命なくなるとも季節は又来たる兵らの上に美しくあれよ〉（昭和一五〔一九四〇〕年三月五日付）

激しい戦闘が繰り返される前線で綴られた手紙からは、七〇年以上の時をこえて、戦争を生きたひとりの兵士の真摯な思いが伝わってくる。

（三）追伸に込めた真の思い

戦地から書き送った手紙に、宮柊二が初めて「愛」という言葉を記したのは、召集されて中国、山西省に赴いて三年目に入った昭和一六（一九四一）年三月である。

〈小生も滝口さんのおこころと同じく友情以上のものを感じ居り候。愛し居り候。然《しか》し乍《なが》ら生還なし難く思はるる身のなど生活のお約束など申上げられ候や〉（三月二〇日付）

これは滝口英子からの「帰還を待っていてもいいでしょうか」という手紙への返事であった。文面はこう続く。

〈おこころありがたく、最後の際まで銘じて戦ひ申すべく、滝口さんは更に明日の日へこころ強く踏み出され度《た》く念じ上げ候〉

自分もあなたを愛しているが、いつ戦死するかわからぬ身ゆえ、将来の約束はできないといっている。そして英子の気持ちを〈最後の際〉つまり死の瞬間まで心に刻んで戦うつもりだというのである。

この手紙には追伸がある。

〈最後まで申上げずて置かんかと存じ候も、すでにお目にかかり得ぬ心きめて最後の愛情の一二行を誌《しる》し申し候〉

柊二は自分の気持ちを最後まで告げずにおこうと思っていた。しかし、英子が書いてよこした「帰還を待ちたい」という言葉は愛の告白であり、求婚でもある。この時代に女性から言い出すのはよほど勇気の要ることで、それがわかるからこそ、命あるうちに自分も真実の思いを伝えるべきだと考えたのだろう。

だが一方で柊二は、自分が愛の言葉を記したことが、英子の将来の足かせになってしまわないかと案じた。以下、追伸の続きである。

〈只この一二行によりておこころ惑ふことなく宮よりも更に更によき人を求めらるべく、そのことをのみ祈念いたし申し候〉

柊二が出征したときまだ学生だった英子は、このとき教師となって大阪の岸和田市立高等女学校に勤務していた。すでに二四歳で、縁談も持ち上がっていた。柊二は師である北原白秋と「多磨」の年長の歌友である米川稔に、もし英子が相談に来たら、別の人との結婚を考えるよう言ってほしいと手紙を書いた。

米川はそれに応え、柊二の戦死の可能性と経済的な貧しさをあげてあきらめるよう説得した。一方白秋は、黙って英子に柊二からの手紙を示し、自分の写真の裏に「薬　白秋」とサインをして「これを宮に送ってやってくれ。寂しくなったら眺めるように」と手渡した。それはふたりの結婚に対する暗黙の了承であったと、柊二はのちに書いている。このときの写真を柊二は、終生大切に持っていた。

このころ英子は、白秋に直接歌を見てもらう機会を持った。柊二に思いのたけを打ち明けた後であり、当時の歌のほとんどが相聞歌だった。

その中に次の歌があった。


あめつちのそきへのきはみ征《ゆ》きまして相会はむ日のなしと思へり

「そきへ」とは「果て」という意味である。「あめつちのそきへのきはみ」は、この世の果ての極み、つまり柊二のいる山西省のことをさす。

この歌の後半を、白秋は〈……征きませど相会はむ日のなしとし思はず〉と添削した。地の果てに征ってしまった柊二に再び会う日はないだろう、という意味の英子の歌を、逆の意味に変えたのだ。そして「宮はどうしている」「もっと相聞歌を作りなさい」と、やさしく英子に語りかけたという。

白秋は弟子たちの歌を見るとき、いつもは傍線を引くだけだったというが、このときは直接朱を入れている。柊二を待っていてよいのだと、歌の添削を通して英子を励ましたのである。兵士として遠い戦地にいる愛弟子《まな》に格別の思いがあったのだろう。

出征前の昭和一四年三月、柊二は白秋の秘書をやめて富士製鋼所に就職している。書店の仕事を整理して上京してきた両親のためだった。白秋は「あと三年もすれば筆で食べて行けるようになる」と説得したが、老いた親への責任を果たしたいと考えた柊二は、白秋のもとを辞した。召集令状が来たのはその五カ月後である。

目をかけていた柊二が自分を振り切るようにして去っていったことに、当時の白秋はしばし不機嫌になったという。だがその後は出征した柊二を深く思いやり、柊二もまた白秋を心から慕い続けたのだった。

初めて愛の手紙を書いた柊二だったが、返事はなかなか来なかった。英子は学校が春休みで帰省しており、受け取るのが遅れたのである。柊二は揺れる気持ちを抑えてさらに三通の手紙を書き送ったが、一通の返事も受け取れないまま、次の戦闘に出発しなければならなかった。

昭和一六年五月、柊二の部隊は中原会戦に参加。この激しい戦いを生き抜いた柊二は、改めて英子の思いに向き合うことになる。

（四）無名兵士の覚悟うたう

昭和一六年六月一五日、中原会戦を生きのびた宮柊二は、二カ月ぶりに、原駐地である山西省寧武の大隊本部に戻ってきた。

〈中原作戦から無事帰つて来まして、又新しくあなたのことを考へねばならぬことになりました。いつどうなるかもわからぬ境遇ですが、その来るとすれば来たといふ瞬時まで、あなたとのことについて私は考へてゆくだらうと思ひます〉（七月八日付）

英子への手紙である。相変わらず死を意識しながらも、戦闘に発つ前に書いた、ほかの人との結婚を考えるよう言い聞かせる手紙とはトーンが変わっている。

戦闘を終えて部隊に戻った当日に柊二が書いた無事を伝える短い手紙が残っているが、その中に〈御手紙全部拝見。忝《かたじけな》く思ひます〉（六月一五日付）との文言があり、戦闘中に英子から何通もの手紙が届いていたことがわかる。柊二は、自分を待ちたいという彼女の決意に心を動かされたのではないだろうか。

同じく七月八日付の手紙で、柊二はこうも書いている。

〈若し私が現実にしてあなたとのことを考へていい時が来たら、私は兵隊らしく単純に、素直にあなたと御母堂と姉さんをお尋ねしてお願ひしてみようと心決めてゐます。お許しがなかつ

たらその時は兵隊らしい諦め方もしようと思つてゐます〉

もしも生きて帰れたら、という留保つきではあるが、ここで初めて柊二は結婚の意志を伝えている。

だが実際に内地に帰還するまでには、このときから二年以上の歳月を要した。その間には、原因不明の病による入院生活があり、また師である北原白秋の訃報に接して悲しみに打ちひしがれる日々があった。そうした思いを柊二は折にふれ英子に書き送った。

昭和一六年一二月の手紙には、のちに柊二の代表作のひとつとなる歌が記されている。

おそらくは知らるるなけむ一兵の生きの有様《ありさま》をまつぶさに遂げむ

下級将校が不足していたこともあり、優秀な兵であった柊二は再三にわたって幹部候補生に志願するよう慫慂《しょうよう》されたが、最後までこれを固辞した。将校と兵では待遇その他すべての面で雲泥の差があり、将校になることを拒否するなど普通はありえない。だが、自殺に追いこまれる戦友がいるほどの苛酷な軍隊生活の中にあって、柊二は一兵士としての自分の運命を生ききろうと決めていた。

〈私は名前なんか寸《ちつと》も知られない、歌なんかも知らない、只一人の兵隊でありたいのです。そして歌が出来れば、その無名の一兵の心の中にひそかにはぐくんだ哀歓をしるし度《た》いのです〉

（七月八日付）

柊二が日本に帰還したのは、昭和一八（一九四三）年九月のことである。川崎市の日本製鉄富士製鋼所に復職し、翌一九（一九四四）年二月に英子と結婚した。

戦時下での新婚生活の中で、英子はいかにも新妻らしいこんな歌を詠んでいる。

配給の品々とともに求めたる矢車草も家計簿にしるす

しかし翌昭和二〇（一九四五）年六月、柊二に再び召集令状が来る。出征日の六月八日は、初めての子供の出産予定日だった。

新潟県小千谷の部隊に入隊した柊二は、子供がぶじ生まれたかを、手紙や葉書で繰り返し問い合わせている。

〈赤ちゃんは男だらうか女だらうか。よだれ掛けと夏帽子を買つておいた〉（六月二〇日付）

〈子供はどうか。こころをあたたかく、勁《つよ》く子供を大切にしてくれ〉（六月二九日付）

〈子供は生れたか〉（六月下旬）

誕生を待ち望む思いが文面にあふれている。だがなかなか報せは届かなかった。六月二四日に女の子が生まれていたが、英子は四〇度の産褥《さんじょく》熱が続いて手紙を書くことができなかったのだ。

七月六日になって、柊二はようやく出産の報せを受けとる。

〈もう暗くなつてゐたが、戸外にぬけ出し綺麗な大気を吸へるだけ吸つて、じっと空を仰いでゐた。体の中を何かが駆けめぐつて駆けめぐつてやまない。嬉しいよ。どんな顔をした女の子だらう。お前は嬰児《えいじ》の側に臥《ふせ》つてゐるだらう。きつとよく似てゐるね〉〈おつかさんお疲れさま〉

戦火をくぐり、おびただしい死を見てきた柊二にとって、わが子の誕生はどんなにか嬉しい出来事だったろう。

この翌月に戦争は終わった。柊二は昭和六一（一九八六）年に七四歳で没するまで、戦後短歌を文字通り牽引した。数多くの名歌を残したが、晩年にこんな歌を発表して話題を呼んだ。

中国に兵なりし日の五ケ年をしみじみ思ふ戦争は悪だ

まっすぐな詠みぶりに、体験の重みと、時を経ても褪せることのない実感がにじんでいる。兵士として戦場の生死を見定めようとした青年の日の覚悟は、最後まで太い背骨となって宮柊二の人生を貫いていた。

二二

吉野せい——相克と和解

撮影・草野日出雄氏
いわき市立草野心平記念文学館提供

（一）老いて解き放たれた文才

昭和四五（一九七〇）年に始まった大宅壮一ノンフィクション賞の歴代受賞作の中で、選考委員から「芥川賞がふさわしい」と評されたのは、この作品くらいだろう。昭和五〇（一九七五）年に同賞を受けた『洟《はな》をたらした神』。著者は七六歳になるいわき市の農婦、吉野せいだった。

選評で芥川賞の話を持ち出したのは臼井吉見である。同じく選考委員だった扇谷正造は、志賀直哉の文章を引き合いに出して「こういうのを稟質《りんしつ》―天賦の才能というのかも知れない」と評し、開高健は「怖るべき老女の出現である」と書いた。

『洟をたらした神』は、開拓農民の妻として開墾にあけくれた歳月の記録である。極限の貧しさの中に生きる人間の姿を、石混じりの土のようなごつごつした抒情《じよじよう》のうちに描き、鮮烈な印象を残す。

記録文学というジャンルのくくりを軽々と超える文章の個性は圧倒的で、刊行時に序文を寄せた串田孫一は、「刃《は》毀《こぼ》れなどどこにもない斧で、一度ですぱっと木を割ったような、狂いのない切れ味」と評している。

この作品は同年の田村俊子賞も受賞し、七〇代でデビューした農婦の才能は世間を驚かせた。せいは一躍時の人となったが、その活動期間は短く、受賞からわずか二年後の昭和五二（一九七七）年、七八歳で没するのである。

この特異な作家は、どのようにして誕生したのか。明治生まれで高等小学校しか出ておらず、五〇年間を土にまみれて暮らしてきた女性が、なぜいきなりこんな傑作を書くことができたのだろうか。

そこには、純粋無垢な魂で詩と開墾に情熱を傾け、そのぶん家庭を顧みなかった夫・三野混沌（本名・吉野義也）との相克の年月があり、さらに、死別による夫からの解放があった。

せいに執筆を勧めたのは、詩人の草野心平である。草野は混沌の友人だった。混沌が没して二年後の昭和四七（一九七二）年四月、彼の詩碑が草野をはじめとする友人たちの手で建てられた。その除幕式でせいと顔を合わせたとき「あんたは書かねばならない」と、強い言葉で語りかけたのだ。

開拓農民だった混沌は、土着の文学を目指して詩を書き続けた。畑仕事の最中でも、詩句が浮かべば土に座り込んで、あるいは案山子《かかし》のようにその場に突っ立ったまま書き始めるような人だったという。仕事の途中でいなくなり、せいが探しに行くと、知人の家で話し込んでいることもしばしばだった。

戦後は地元の農地委員となって農地改革に身を捧げ、周囲の信望は厚かったが、生活能力には欠けるところがあった。

せいも若いころは文学を志していた。一七歳のとき山村暮鳥らが刊行した雑誌に短歌が掲載され、また地元の新聞に短編小説を発表するなど、その才能を認められていた。

しかし結婚後は混沌の分も家族の生活を支えるため、六人の子供を育てながら畑に立ち続け、ものを書く時間を持つことはできなかった。夫はノートを放さない人だったが、自分は日記をつける暇もなかったと、のちにインタビューに答えて語っている。

せいがみずからの才能を封印して生きてきたことを知っていた草野は、除幕式の日、七〇歳を超えていたせいに、作品を書けと言ったのである。

「いいか、私たちは間もなく死ぬ。私もあんたもあと一年、二年、間もなく死ぬ。だからこそ仕事をしなければならないんだ。生きてるうちにしなければ――。わかるか」

このとき、草野自身も七〇歳を目前にしていた。彼は繰り返しせいに告げる。

「生命がないんだ。無駄に生きられない息ある限りの仕事だ。何でもいいから書けよ。ね。一年、二年、私もあんたも、いいか、わかったか」

その前年、せいは混沌と山村暮鳥の交流を記した『暮鳥と混沌』を三〇〇部限定で刊行していたが、これはあくまで夫のための記録だった。草野は、今度は自分自身のことを書けと言ったのだ。

『洟をたらした神』に収録されることになる短編群をせいが書き始めたのは、その翌年のことである。長いことせき止められていた書く意欲は、こんこんと湧きだして止むことがなかった。五〇年近く連れ添った夫を失って初めて、せいの文学は花開いた。子供たちを養うために鍬を持ち続けてきた手に、ようやくペンを持てる日が来たのである。

書けなかった歳月、せいは文学に生きる夫への怒りを抱えていた。しかし自身が書き手となったとき、書くという行為を通して、ねじれた感情をほどき、もうこの世にいない夫を許していく。

それは遅すぎる和解だったかもしれない。しかし、ともに「書く人」であったこの夫婦にしかありえない、愛情のかたちでもあった。

(二) 文学少女と孤独な青年

吉野せいが一七歳のときに投稿した短歌が掲載されている雑誌を、いわき市の草野心平記念文学館で見ることができた。大正五(一九一六)年、詩人の山村暮鳥らによって創刊された「ＬＥ・ＰＲＩＳＭＥ」。手にとってページをめくることを許されたのは、保存状態のよい第二号である。

大樹と尖塔を描いたイラストに横文字の誌名を組み合わせた瀟洒《しょうしゃ》な表紙。判型はほぼ正方形で、そのモダンな美しさにまず目を奪われた。

巻頭に掲載されているのは萩原朔太郎の「およぐひと」である。〈およぐひとのからだはななめにのびる〉で始まる教科書でおなじみの詩だが、初出はこの雑誌だった。次に室生犀星の詩が続く。新進詩人だった暮鳥、朔太郎、犀星の三人はこの二年前に「人魚詩社」を起こし、新しい芸術運動を模索していた。

ページをめくっていくと、中ほどより少し後ろに「若松せい」の名があった。若松は、せいの結婚前の姓である。

みをつくしあらはに見えつかもめ鳥一羽二羽三羽五羽二十羽

かもめどり高くむれとぶ羽ばたきに月揺れゐたりその月悲しも

「ＬＥ・ＰＲＩＳＭＥ」は、編集人の暮鳥の方針で、著名な詩人の作品も無名の作者の投稿作品も同等の扱いがなされた。一七歳のせいの短歌は、朔太郎や犀星と同じ大きさの活字、同じレイアウトで誌面を飾っている。

七〇歳を過ぎてデビューし「怖るべき老女」と言われたせいは、実は早熟な文学少女だった。

1975年6月、76歳のせい

福島県南端の漁村、小名浜の網元の家に生まれたが、父親が三〇代で亡くなったことから生活は苦しく、高等小学校までしか進めなかった。だが独学で准教員検定試験に合格し、一七歳のときに小学校の代用教員となる。この検定試験は難関で、せいは県内の合格者で最年少、また唯一の女性だったという。

「LE・PRISME」に短歌を投稿して掲載されたのもこの年で、以後、暮鳥の知遇を得ることになる。クリスチャンだった暮鳥は大正元（一九一二）年から牧師として福島県平町（現在のいわき市平）に赴任しており、地元の文学青年たちと交流を持っていた。

同じ年、せいは「福島民友新聞」の文芸欄に短編一四編を発表。翌年には初めて書いた中編小説が、暮鳥の推薦で雑誌「第三帝国」に掲載された。若い女性の書き手として注目され、他の雑誌からも原稿依頼が来たが、これは間に立った暮鳥が、まだ早すぎるとして断っている。

その後、教師の仕事に情熱が持てず退職したせいは、結婚話や文学修業のために上京しないかという話を断り、家事を手伝いながら内外の文学書や思想書を耽読《たんどく》する。そんなときに出会ったのが、五歳年上の三野混沌だった。

混沌は本名を吉野義也といい、現在のいわき市の農家の三男として生まれた。家は比較的裕福で、旧制中学まで進んでいる。中学時代は哲学に凝って友人と交わらず、「カントの義也」と呼ばれて変人扱いされた。

卒業後は家の農業を手伝いながら詩を書き、一方でキリスト教に傾倒して洗礼を受ける。毎晩道に立ち、憑かれたように神の道を説く混沌は、誰が見ても狂信者だった。真面目でひたむきなあまり、何事にも熱中すると周囲が見えなくなってしまうのである。

やがて教会への失望から信仰への熱は冷め、今度は開墾を志す。三男だった混沌は実家の土地を継ぐことはできない。自分の手で切り拓いた土地で生きると決心し、好間村（現在のいわき市好間町）の菊竹山に一町八反の原野を借りて開墾生活に入った。

二人が出会ったのは大正九（一九二〇）年、在野の考古学者・八代義定の紹介だった。社会主義者だった八代の蔵書から、せいはしばしば入手しにくい翻訳書などを借りて読んでいた。ある日、八代の書斎で、丸坊主に度の強そうなふちなし眼鏡をかけた風采の上がらない男を紹介される。それが混沌だった。

外見はみすぼらしく、言葉も訥々《とつとつ》としていたが、〈私は彼のてらいのない魂の美しさを見てとった〉と、後にせいは書いている。

せいを愛するようになった混沌は、一度山に来て自分の生活を見てほしいと頼む。「見て、信じて、理解してくれたらうれしい」と言われて訪ねた開墾地の家は、四畳半二間のがらんどうで、襖も天井板もなかった。

「この夏、ふとんの中に青大将がとぐろを巻いていた」「障子はにわとりがつついて破くんだ」――真面目に説明する混沌に、せいは噴き出してしまったという。

やがて混沌から求婚の手紙が届くようになる。

「自分に頼ってくれ。頼れる者と思ってくれ。頼られれば自分は強くなれる」

それは孤独な混沌の、必死の叫びだった。

(三) 幼子死なせた無知と貧苦

混沌のひたむきな求婚に心を動かされながらも、結婚に踏み切る決心がつかなかったせいは、ある日、予告なしに彼の家を訪ねた。

〈私が声をかけるまでは彼はふり向きもせずに動いていた。古びた麦藁帽子の下に眼鏡がきらりとした。よほどうれしかったと見えて、眼鏡の底に涙が光っていた。白い息を吐きながら、「よく来てくれた」と何べんもくり返して、小家の土間にどんどん焚火《たきび》をした〉(「暮鳥と混沌」)

涙ぐむほど喜びながらも、混沌はせいと向き合うと、逡巡する彼女を責めた。なぜいつまでも引きのばすのか、貧乏がいやなのかと。

せいにはせいの事情があった。奉公に出ている兄が帰ってくるまで、行商で生活を支える母の代わりに家事をし、老いた祖父の面倒も見なければならない。もっと勉強をしたいという気持ちもあった。

だが、一途に思いつめるとそのほかのことが見えなくなる混沌は性急で、「えらんだら勇敢に怖れずに進むべきだ。無謀が真実なのだ」と決断を迫った。無謀が真実とは、いかにも混沌らしい言葉で、現実に彼はそうした生き方に自分を賭けていた。そんな混沌にせいは心を動かされる。

〈寂しい荒蕪《こうぶ》の山原で、たった一人で地の窓を開いて春を待つ一すじな自然の姿の彼は、あやふやな私の心をおしつぶした〉(同)

この日、せいは何もかも捨てて混沌とともに山の畑に立つ決心をした。

大正一〇(一九二一)年三月、結婚。混沌二七歳、せいは二二歳になる直前だった。家を出るとき、せいはそれまでに書いた原稿も日記も手紙もすべて焼き捨てたという。だがこれは、文学との決別という意味ではなかったろう。

当時せいは、ロシアの無政府主義者クロポトキンの『パンの略取』に衝撃を受け、自分が書いてきた身辺雑記のような小説をくだらないと思うようになっていた。もっと広く学び、もし書くならば、社会的な視野に立ったものでなくてはならないと考えていたのだ。

開墾生活に入るにあたって、それまで書いたものをすべて捨てたのは、生活者として地に足をつけて暮らす中から生まれてくる言葉をつかみ取ろうという思いからだったのではないだろうか。

開墾地で混沌がおもに作っていたのは梨だった。結婚翌年の夏、せいは長女を産んだが、梨棚に手をのばして働く作業を出産直前まで続けたため胎児の位置が変わり、大変な難産となった。新たに始まった生活のきびしさは想像以上で、本を読んだりものを書いたりする余裕はなかった。

一方、混沌は結婚後も文学に打ち込んだ。少ない現金収入から謄写版を買って仲間と詩の雑誌を作り、家は印刷工場のようになった。百姓だけで作った詩誌が日本中のどこにあるかと、男たちの意気はすこぶる軒昂《けんこう》だったが、混沌が農民文学の理想に燃えれば燃えるほど、せいに負担がかかってくる。

せいは子供を背負い、野兎に喰われないよう梨の幹を一本一本藁で包みながら、未墾の藪《やぶ》を眺めてため息をついた。ここはいつ完全に耕されるのか、と。

三〇代になった混沌は詩集を出版するが、当然それは赤字で、苦しい家計をさらに圧迫した。こんなこともあった。収穫した八斗の小麦を混沌が町に売りに行ったが、帰ってきてせいに渡した金はたった四〇銭。心酔するカンディンスキーの芸術論の本を買ってしまったのだ。小麦の代金六円四〇銭のうち六円を、本一冊のために使っていた。

子供たちを飢え死にさせないためには自分が何とかするしかない。せいは働きに働いた。漁師の子として育ったせいだったが、やがて梨作りの技術は混沌以上になる。自身の力を恃《たの》むようになるにつれ、混沌を見る目が冷ややかになっていったのは仕方のないことだったろう。

結婚一〇年目の三一歳のとき、決定的な出来事が起こる。梨花と名付けた四人目の子が、急性肺炎のため生後九カ月で亡くなったのだ。

少し前から熱を出していた梨花の具合が夜更けに悪化したとき、せいは医者を呼ばなかった。

不便な山の上にある開墾地に夜中に来てもらうには、大枚をはたかねばならない。そんな金はどこにもなかった。

朝になって呼んだ医者からはもう助からないと言われた。夜の間、懸命に氷のうで冷やし続けたのも乳児には逆効果だったと知り、そのことにもせいは打ちのめされる。自分たちの貧しさと無知のせいでわが子は死んだのだと。

日記には〈自分の手で殺してしまつたと同じい感じ〉とある。せいのまとまった日記が残っているのはこの時期だけである。結婚以来、書くことを封印してこざるをえなかったせいだが、このときは、書くという行為でしか自分を支えることができなかった。

（四）書かずにいられない苦しみ

せいと混沌の墓は、いわき市好間の龍雲寺にある。そこは二人が開墾した菊竹山のふもとで、墓石の前に立つと、なだらかな山容と真正面に向き合うかたちになる。

墓石の傍らに小さな地蔵像があった。せいの読者なら、短編「梨花」に描かれている次女・梨花のためのものだと気づくだろう。

夫妻の墓に供えようと持ってきた花の束から、白とピンクの小菊を選んで手向けた。ついさっき、「梨花」の生原稿を、草野心平記念文学館で見てきたばかりである。

〈「リーコ、リーコ、よしよし」ひびと土とにがさがさな私の手は、重いお前のからだをどんなに嬉しく支えたことか。そしてその支えられた手の上で、垢によごれた綿入れの中からふっくりした白い顔を出して、お前はどんなに可愛い微笑みを見せたことか。梨花よ、あの顔が見える〉

梨花は昭和五（一九三〇）年一二月、急性肺炎のため生後九カ月で亡くなった。せいは、死にゆくわが子の姿を、「梨花」の中で描写している。

〈すうっとまるで引潮のように、いつもお前が私の乳首をはなして眠る時のように永眠した。ごく静かであった〉

〈あらしは過ぎてぴったりと静止したかたち、右手を私に左手を父親につかまって、お前は眠るように死んで行った。午後三時半。口を少しあけた昼間の月のような顔！〉

「梨花」が雑誌に掲載されたのはせいが七五歳だった昭和四九（一九七四）年で、同年刊行の『洟をたらした神』に収録された。だが書かれたのは梨花の死の翌月である。当時ノートに書いた日記を、後年になってそのまま発表したのだ。

〈引きさいたノートの紙片に記したその時のものが、いつそうされたのか混沌のノートの一つにはさまれていたのを、驚いて私は抜き出しておいた。もう忘れていた鉛筆書きのぼろぼろのもの。日付は昭和六年一月十九日とある。想い出をそのままの想い出、鮮烈な想い出とするために、その原文に加筆しないで、彼女の正確な最期を思い出したい〉と、「梨花」の前書きにある。文中の〈昭和六年一月十九日〉は、梨花の三七日《みなぬか》に当たる日である。もともとの文章が記された〈引きさいたノートの紙片〉は現存しないが、文学館で見た資料の中に、ページが破り取られた跡のある古いノートがあった。

昭和五、六年頃のもので、後半は梨花の死の翌月から約三カ月間の日記である。「梨花」の原文は、このノートから破られた部分に書かれていたと思われる。

死にゆく愛児の姿を克明に綴ることは、身を絞る後悔と苦痛の時間をもう一度生きることである。実際の死の場面には夫や家族がいたが、書くときは一人きり。記憶の中で繰り返し再生される死の瞬間に、ただ一人、何度でも立ち会い続けなければならない。

だが、こうした行為をあえてすることでしか精神の平衡を保てない人たちがいる。作家という人種である。梨花の死を描きながら、せいは自分が書かずにはいられない人間であることを突きつけられたのではないだろうか。事実、のたうつような苦しみのさなかで書かれた「梨花」は、畳みかけるような文章から切迫した悲しみがあふれ出す名編となっている。

やがて、せいの日記には、書くことに向かう決意が綴られるようになる。

〈梨花を思ふとき創作を思ふ。梨花を失ふたことに大きな罪悪を感じてゐる自分は、よりよき創作を以て梨花の成長としよう。創作は梨花だ。書くことが即ち梨花を抱いてゐることだ〉〈梨花、母さんをみてゐよ〉（二月一二日付）

せいはここで、自分が〝書く人〟であることを、梨花に宣言している。これからどう生きるかを、死んだ愛児にまず告げているのである。

だが、女がものを書くことは、夫に背き、子を捨てる道であることも、せいは自覚していた。〈自分は今、家庭を破壊したく思ふ。自分は自分一人の生活をして思ふさまうごいてゆきたく思ふ〉〈すやすやと寝息をたててねむる三人の子どもたち、地下のリカ、自分はいつかお前たちと左様ならをつげる日が来はしないか、自分は自分の心をおそれる。あらしだ、うづまくあらしだ〉（三月三日付）

人生最大の苦しみの中で、封印してきた「書きたい」という思いが溢れ出そうとしていた。だがそれは現在の生活を壊すことにほかならない。

〈自分は泣く、泣くぞ、リカ、何といふ狂ふた心だ。みんなお前が死んだからだ。やり場もないこの寂しさをどうするのだ〉（同）

しかし結局、せいは家庭を捨てることはできなかった。『洟をたらした神』で作家デビューするまでには、このときから四〇年以上の歳月を要したのである。

（五）書くことで夫の魂に寄り添う

次女・梨花の死をきっかけに、自分には「書くこと」が必要だと気づかされたせい。だが、家庭を捨てられない以上、生活を支えるために農作業にも励まなければならない。せいはその両立をめざそうとした。梨花の死の翌年の日記にはこうある。
〈自分も書かなければならぬが、仕事はうつちやつておかれない。働かないではちつとも進捗しない。やれるだけやらう〉（昭和六〔一九三一〕年四月一一日付）
自分も、とあるのは、この前月、夫の三野混沌が新しい詩集を刊行したことからだ。混沌は相変わらず文学活動に打ち込んでいた。
〈朝はも少し早くおきよう。一時間位勉強してからでも、充分、午前仕事出来る位にして。夜も勉強しよう。赤ん坊を育てる努力と思へばできる。畑もみつちりやらう。口ばかりでは駄目だ〉（同）
気を取り直し、前向きに生きようとする決心が伝わってくる。せいは開墾と家事の合間をぬって長編を書きあげ、新聞連盟四社が主催した懸賞小説に応募した。そして、一二〇〇編を超える応募作の中から、予選を通過した九編に残った。そのまま書き続ければ、もっと早くに作家デビューできていたかもしれない。だが、執筆の時間を捻出できたのはこの年だけだった。
翌昭和七（一九三二）年、混沌は果樹農家の組合を組織する。このころ全国の農村は不況の波に襲われ、特に東北地方では、冷害による凶作も相まって農家は貧苦に喘いでいた。
団結して苦境に立ち向かうため先頭に立った混沌は組合活動で家をあけることが増え、その分、農作業はせいの肩にかかってくる。やがて混沌は地元の警察署の特高課から監視されるようになった。家宅捜索を受け、勾留もされるような状況の中で、せいに執筆の時間が持てるはずはない。

さらに戦争が始まると、農作物の供出負担が重くなり、せいはすべてを犠牲にして働かねばならなかった。

ようやく終戦を迎えても、せいの苦労は終わらなかった。

農地改革の実施にあたって、混沌は立候補して農地委員となる。福島県内の国有林をくまなく踏査し、貧しさを強いられてきた小作人のために精力的に働いた。無私の献身だったが、その陰でまたしてもせいが重荷を負うことになった。

せいはつぎはぎだらけの野良着で、周囲が心配するほど野良仕事にうちこんだ。それはひとつの意地であった。夫には頼れないという覚悟は心をかたくなにし、家を支えているのは自分だという自負は夫への軽侮を生んだ。そうしてせいは、混沌としみじみ心を通わせる機会をもつことなく戦後を生きることになるのである。

視力を失い、脳軟化症をわずらった混沌の晩年は不自由なものだった。最後は書くこともしゃべることもできなくなり、苛立ちのあまりしばしば暴れた。荒れる理由が妻である自分の冷たさにもあることを、せいは自覚していた。だがどうしても心をほどくことができないのだった。

混沌が七六歳で没した後、草野心平に勧められて、およそ四〇年ぶりに筆を執ったせいは、書く作業の中でようやく少しずつ混沌を許していく。

『涙をたらした神』に収録された短編群はせい自身の人生を回想したものなので、当然混沌も登場する。きれいごとを書かない彼女の文章は、二人の間にあった葛藤をそのまま映し出しているが、一方でいくつかのエピソードからは混沌の温かい人間性が伝わってくる。

収穫期の小麦畑のまん中に巣を作ったヒバリのために、二間四方を刈り残し、雛の巣立ちを待った話。娘時代のせいが砂浜でオルガンを弾いた話を覚えていて、家出したせいを浜辺まで探しに行った話――。混沌の思い出を文章にする過程で、せいは彼と出会い直していく。

「水石山」は、混沌の死後、彼が好きだった水石山をせいが訪れる話である。山頂に着くと、栗毛の美しい馬が、群れを離れてせいのもとに寄ってきた。鼻づらを撫でると、よろけるほどの力で吸いついてくる。澄み切った大きな瞳を見て、せいは「これは或いは混沌の魂かもよ」と思うのである。

〈私が水石山にのぼったことを喜んで、何かを語りかけようとしている人なつかし気な瞳みたいではないか。一瞬指先にあたたかい血の流れるような気がした〉

書くことでようやく訪れた混沌との和解。もし『涙をたらした神』がこれほど高い評価を受けなかったとしても、せいは満足したに違いない。せいに必要だったのは、書くという行為そのものだった。それによってのみ、せいは自分を解き放ち、同じく「書く人」であった混沌の魂に寄り添うことができたのである。

あとがき

小説を書くというのは、日本橋のまん中で、素っ裸で仰向けに寝るようなものだと言ったのは太宰治である。もっとも恥ずかしい姿をさらす覚悟がなければ小説など書けないという意味だが、はじめから隠しようのないもの、おさえてもあふれ出る何かを持っているのが、作家というものなのだろう。

読み手はときを隔てても、書かれたものが残っている限り、作品の中で作家そのひとに出会うことができる。虚構の向こうからひびいてくる書き手の肉声を聴いた読者は、その人となりや人生に思いをはせる。

作家と作品はまったく切り離して考えるべきだという人もいるが、少なくとも私は、彼／彼女がいかなる時代を生き、誰を愛して何に傷つき、どのようにして死んでいったのかを知りたく思う。

本書は、私と同様、作家と作品の間を往ったり来たりしながら文学を楽しみたいという人のために書いた。作家の恋愛と結婚にテーマを絞ったのは、「素っ裸で仰向けに寝る」ような、隠しようもない姿がそこであらわになるからだ。恋の時間、結婚の時間の中では、美点も欠点も、可愛いところも困ったところも、崇高なところもずるいところも、余すところなくさらけだされてしまう。そこにそそられるのである。

すぐれた作家や多くの読者を得た作家の人生は、それぞれが生きた時代を映し出す。本書では、作家たちがどのように死んだかにも紙幅を割いた。恋愛と結婚の顚末に加えて、死の様相にも作家の個性と時代性があらわれていることが、あらためてわかっていただけるのではないかと思う。

本書は、日本経済新聞での一年間にわたる連載がもとになっている。執筆にあたっては、作家のゆかりの場所へ旅をし、ご遺族や各地の文学館、記念館などの協力で、多くの貴重な資料を見せていただくことができた。

取り上げた十二人は、私にとって長く愛読してきた作家ばかりで、手紙や日記の現物、また直筆原稿などを手にとって読んだ経験は一生の宝である。その中には、原民喜の遺書や、死の間際の中城ふみ子の手紙のように、命の瀬戸際で綴られたものもあり、それらに手をふれたときの震えるような感覚はいまも忘れることができない。ご遺族や関係者、各文学館、記念館の方々に、あらためて深く感謝を申し上げる。

連載の声をかけてくださったのは、日本経済新聞の文化部編集委員・宮川匡司さんで、「愛の顚末」というタイトルは宮川さんが考えてくださったものだ。連載中は文化部記者の郷原信之さんが担当してくださった。文芸編集者も顔負けの資料探索能力に何度も舌を巻いたことを記しておく。単行本化に当たっては、文藝春秋ノンフィクション出版部長の小田慶郎さんにお世話になった。

多くの方の力を借りて、いまこうして一冊の本として上梓できる喜びをかみしめている。文学を愛する方たちに、ひととき楽しんでいただければうれしく思う。

二〇一五年十月

梯　久美子

梯 久美子（かけはし くみこ）

1961年熊本県生まれ。北海道大学文学部卒業。2006年、『散るぞ悲しき 硫黄島総指揮官・栗林忠道』で大宅壮一ノンフィクション賞受賞。同書は米、英、仏、伊など世界8カ国で翻訳出版されている。著書に戦争体験者に取材した三部作『昭和二十年夏、僕は兵士だった』『昭和二十年夏、女たちの戦争』『昭和二十年夏、子供たちが見た戦争』のほか『昭和の遺書――55人の魂の記録』『百年の手紙――日本人が遺したことば』『廃線紀行――もうひとつの鉄道旅』などがある。

愛《あい》の顚末《てんまつ》
純愛《じゅんあい》とスキャンダルの文学史《ぶんがくし》

二〇一五年十一月十五日　第一刷発行

著　者　梯《かけはし》 久美子《くみこ》
発行者　鈴木洋嗣
発行所　株式会社　文藝春秋
〒一〇二-八〇〇八
東京都千代田区紀尾井町三番二十三号
電話　〇三-三二六五-一二一一

DTP　エヴリ・シンク
印刷所　光邦
製本所　新広社

ISBN978-4-16-390360-6